TARANTATA

Cíntia
Lacroix
Tarantata

Porto Alegre — São Paulo
2014

Copyright © 2014 Cíntia Lacroix

Preparação e revisão
Rodrigo Rosp

Foto da capa e da autora
Fabiano Scholl

Dados Internacionais de Catalogação na Publicação (CIP)

L147t   Lacroix, Cíntia
          Tarantata / Cíntia Lacroix. — Porto Alegre : Dublinense, 2014.
          256 p. ; 21 cm.

          ISBN: 978-85-8318-019-7

          1. Literatura Brasileira. 2. Romances Brasileiros. I. Título.

                                CDD 869.9368

Catalogação na fonte: Ginamara de Oliveira Lima (CRB 10/1204)

Todos os direitos desta edição
reservados à Editora Dublinense Ltda.

Editorial
Av. Augusto Meyer, 163 sala 605
Auxiliadora — Porto Alegre — RS
contato@dublinense.com.br

Comercial
Rua Teodoro Sampaio, 1020 sala 1504
Pinheiros — São Paulo — SP
comercial@dublinense.com.br

"La vita è il vento, la vita è il mare, la vita è il fuoco;
non la terra che si incrosta e assume forma.
Ogni forma è la morte."

Luigi Pirandello, *La trappola*

*Agradeço a Giusy Tozzini,
que despertou em mim
o interesse pelo tarantismo.*

*Agradeço também a Zélia Lacroix Farina
e a Letícia Barth dos Santos,
que deram aos originais
confiança para ir adiante.*

1

AQUI. TALVEZ TENHA SIDO AQUI. Tantas vezes Giuseppina descreveu este lugar, e com um tal esforço da alma inteira, que eu esperava reconhecê-lo de imediato. Contudo, nada vejo à minha frente senão a beleza de um mar azul-verde. É a silhueta pontuda da costa, e apenas isso, a sugerir que sejam estas as águas descritas por Giuseppina Palumbo, as águas em que, naquela manhã de verão abrasador, ela extraviou os seus olhos de nanquim.

Em meio ao esfarelado das minhas memórias de criança, mantém-se íntegro o relato. Eram noites de sono arisco, e a escuridão do quarto metia-se gigante dentro de mim, empurrando-me o coração para o alto da garganta. Indecisa, eu acarinhava de leve o rosto de Giuseppina, às vezes deslizava o dedo nas cócegas das suas pestanas, até que, de repente, ela parava de ressonar, e esse era o aviso para que eu escondesse a mão debaixo das cobertas. Dura feito pedra, as pálpebras tremelicando num dormir mentiroso, eu rezava para que aquele instante passasse de uma vez, o instante em que o nariz dela fazia-se de morto. Vinha, enfim, a respirada funda e ruidosa, e logo o pavor de estar sozinha no mundo era algo que pertencia ao passado. Outro som de que me lembro com saudade era o do riscar do fósforo, pois nada se comparava a ver a escuridão recuando, covarde, ante o finzinho de vela desmanchado no alumínio do castiçal. Então, à luz amarelenta, eu observava Giuseppina esfregar os olhos. À época, ela estaria por volta dos trinta anos, não mais; o cansaço que se amarrotava em seu rosto, entretanto, era o de quem nunca tivera juventude. Coitada, pensava eu, e uma culpa dos diabos apertava-se em torno de mim, fazendo-me menor do que minha idade já pouca, tornando ampla a cama de solteiro que nós duas dividíamos. Um simples olhar seu, porém, bastava para devolver-me ao tamanho de verdade. Ajeitando um sorriso no inchaço da face, Giuseppina escorregava um afago morno pelos meus cabelos. Um copo d'água? Eu trepidava a cabeça para um lado e outro, o que fazia desmoronar sobre a minha testa a franja teimosa que o afago recém convencera a aquietar-se. Uma história? E, ante os meus olhos de isso-mesmo, ela sorria de um jeito ainda mais terno, beliscando-me a ponta do queixo como quisesse desatarraxá-lo. Anunciava, então, que me contaria uma história, uma história que entraria na minha cabeça como um anzol de isca apetitosa, e eis que o sono acabaria sendo fisgado lá das profundezas de mim, onde tinha ido se esconder, o danado.

    Havia noites em que ela me contava sobre a borboleta de asas transparentes, inseto corajoso que, após voar pela extensão todinha de um imenso arco-íris, conquistara para si as múltiplas cores do mundo. Noutras vezes, contava-me sobre um velho carpinteiro que se cansara de dar vida a cadeiras, mesas e armários, decidindo-se a aplicar toda a maestria do seu formão para esculpir um tronco de árvore, um tronco com direito a raízes, galharada e até toca para esquilo. Contudo, a história que mais se repetia era a da mocinha à beira-mar: esparramando no oceano toda a atenção que havia dentro de si, ela conseguira enxergar uma misteriosa linha divisória.

Das fábulas que tentavam capturar o meu sono, aquela era, sem dúvida, a que menos me agradava. E até me assustava um pouco a parte em que a tal da moça batia um polvo morto contra as pedras da praia. Isso sem falar na aranha aquela, que, só de imaginá-la, eu sentia as suas patas malvadas correndo à volta da minha orelha. Como era mesmo que se chamava a aranha?

— Tarântula — repetia Giuseppina, mas as letras da palavra pareciam baralhar-se na sua boca, e eu continuava sem certeza quanto ao nome do meu medo.

Nunca tive coragem de dizer-lhe que eu preferia a borboleta, ou mesmo o carpinteiro. De alguma forma, eu percebia: o propósito daquela história não era fisgar-me o sono, mas fisgar algo que estava dentro de Giuseppina.

O que eu não podia supor, à luz esquiva do toco de vela, é que a moça da história estivesse bem ali, deitada ao meu lado. Só muitos anos mais tarde, quando Marçal me contou tudo, é que eu entendi o entusiasmo com que Giuseppina descrevia cada detalhe daquelas cenas, cada pormenor daquela praia, e desculpei a mão que, em certas passagens, apertava-se à minha até quase machucar, e chorei de pena ao pensar no tom desafinado que, por vezes, tornava-lhe feia a voz.

Agora, enquanto vasculho a superfície azul-verde do mar à minha frente, lembro daquelas noites como se elas nunca tivessem amanhecido. Quando dou por mim, estou com os olhos úmidos, e um sorriso de má-vontade arreganha-se em meu rosto: criança achada no lixo era para ter calo nas sensibilidades.

Em busca da confirmação de que estou no lugar certo, caminho até o homem que, a poucos metros de mim, está sentado sobre uma pedra. Ao ouvir a pergunta, ele interrompe o tramado da tarrafa e me encara, mostrando o craquelê que o sol de uma vida toda desenhou sobre o seu rosto. É tão inexpressiva a fisionomia que chego a pensar se aquela pele, grossa de maus-tratos, não lhe pesa demasiado, ao ponto de impedir os movimentos das feições. Mais provável, porém, é que o sujeito simplesmente não tenha compreendido o meu macarronismo, e eu então repito a pergunta, agora caprichando mais na pronúncia desse idioma que me é arredio. Esforço à toa, pois o pescador, sem nada responder, continua a fitar-me impassível, quase fosse ele um prolongamento da pedra em que está sentado, e só quando giro os calcanhares sobre a areia pedregosa é que o homem insinua uma reação: estende os olhos mar adentro e, com a mão espalmada, faz um gesto largo, de quem aplainasse toda a superfície da água.

— Grande ajuda — murmuro entredentes, e meus pés sem sapatos e sem paciência afastam-me dali.

Mas não é culpa dele. Evidente que nem todo mundo consegue enxergar, com precisão, a tal linha divisória, a exata fronteira entre os dois mares, o rigoroso momento da geografia em que esse mundo azul-verde deixa de ser

Adriático e passa a chamar-se Jônico. Giuseppina, ela sim, conseguiu divisar o limite. Naquela manhã tórrida em que as cotovias pipilavam alucinadas pelo céu desta cidade, o confim apareceu-lhe nítido, uma comprida risca longitudinal que se estendia desde o extremo desta península salentina até o distante litoral da Albânia. Só ela sabe, todavia, o quanto lhe custou essa revelação.

Sol ardendo na cabeça, sigo a caminhar ao longo da costa. Vejo os cáctus carregados de figos-da-índia, as grutas escavadas na parede dos penedos, os botes de casco colorido ondejando junto à margem. E respiro fundo, respiro com a atenção de quem fareja, ávida por sentir o acre do Favônio, vento que — diz a gente daqui — teria o poder de esculhambar os nervos dos desavisados. Como quer que seja, certo mesmo, ao menos por ora, é a desordem que essas rajadas causam nos cabelos, e decido, antes de irritar-me ainda mais, improvisar um rabo de cavalo. Quando torno a erguer os olhos, avisto uma placa com dizeres que a distância faz confusos. Talvez uma indicação quanto à linha divisória dos mares? Chego mais perto. Entretanto, à medida que me aproximo, meus passos vão perdendo o entusiasmo, até que me detenho: *finibus terrae* — é isso o que está escrito na placa. Dependesse dos ensinamentos que recebi no orfanato, eu ficaria na mesma, mas lembro de Marçal ter feito referência a essa expressão. Significa algo como confins da terra, extremo do continente, fim de mundo.

Golpeada por um repentino cansaço, deixo cair no chão a mochila que me pendia do ombro. Um suspiro de arrependimento transborda do meu peito. Vim de tão longe, meu Deus, e para quê? Mesmo que eu conseguisse entrever essa maldita fronteira entre os mares, quem garante que tal visão me faria compreender, de uma vez por todas, o sofrimento vivido por Giuseppina?

Ali adiante, o silencioso farol parece testemunhar a desolação que me esmaga. Numa derradeira tentativa, ponho-me de novo a examinar as águas que banham esta ponta de terra, a ponta de terra que, no mapa da Itália, corresponde ao salto da bota. Nada. Espremo ainda mais as pálpebras, a mão em pala junto à testa. Mas é através dos ouvidos que a imagem, aos poucos, vai me invadindo a cabeça: é na voz de Giuseppina que enxergo o que está diante de mim.

Era uma vez uma manhã de agosto, uma manhã que o meio-dia estava prestes a engolir. O começo da história era sempre esse, lembro bem, e seguia-se uma tal profusão de detalhes que eu, num passe de mágica, já podia ver a dita moça, como a vejo agora, caminhando por esta praia, carregando no braço o cesto em que se acomodavam os polvos. Juntando o era-uma-vez de Giuseppina com o que Marçal contou-me mais de dez anos depois, eu hoje posso dar o nome certo a cada um dos personagens. E já consigo pronunciar, sem hesitação, o nome complicado da vilã: tarântula.

Naquele dia, o arpão de Girolamo Palumbo amanhecera certeiro: rastreara, no escuro de suas tocas, quatro enormes moluscos que, bem cabeçudos, haveriam de valer umas boas liras na peixaria do Amedeo. Antes, porém, era preciso batê-los forte contra a pedra, e não havia tempo a perder, pois cada minuto que transcorria tornava mais rija a carne. Assim, quando o bote de Girolamo atracou no píer, a sua filha mais nova já estava lá, cesto na mão, e o pai não precisou gritar que a menina se aviasse: nem ele acabara de amarrar a embarcação e a moça já trotava apressada em direção aos rochedos, o braço magrinho expondo toda a anatomia da coragem, pois os bichos pesavam um bocado.

Era, de fato, uma rapariga franzina, o que muito desgostava os seus pais. Ao menos, não se podia dizer que não fosse trabalhadeira. Naquela mesma manhã, por exemplo, ela levantara cedinho para amarrar os salames, depois rachara lenha para o fogão, o suficiente para a semana toda, e logo estava trepada nos galhos mais altos do pessegueiro, envolvendo em saquinhos de filó cada um dos frutos, a bem de protegê-los contra os furos de bicho; não fosse o bastante, tivera ainda energia para armar-se de uma enorme pá e cavar, no jardim, o buraco do lixo. Tamanha disposição para o trabalho era um alento para Girolamo e Mafalda, a quem Deus mandara três filhas mulheres. Ao ver a caçula suar e avermelhar-se na execução de suas tantas tarefas, ele cutucava a esposa:

— *Quasi meglio che un figlio maschio.* — E a mãe da menina, após um momento em que, dos olhos, viam-se apenas dois riscos, concordava.

Ao descobrir-se grávida pela terceira vez, Mafalda Palumbo pensara em recorrer às ervas que apertam o ventre. Já não tinha idade para pôr filho no mundo, e *Gesù Bambino* talvez a perdoasse, levando em conta que se tratava de uma gravidez miserenta, urdida com o quase-nada de mulherice que lhe sobrara no corpo, isso sem falar na semente de Girolamo, que decerto não passava de um aleijão, tamanha a quantidade de grapa que o desgraçado empinara naquela noite. Mas Mafalda teve um sonho, e nele a água da chaleira recusava-se a pegar fervura, pouco importando o incêndio que rugia dentro do fogão: as ervas boiavam inertes na placidez da superfície, incapazes de comunicar à água o seu amargor de morte.

 Assustada, Mafalda renunciou à ideia do chá. Sucederam-se os dias, eles se transformaram em meses, e os meses trouxeram a dúvida: estaria mesmo prenhe? A parteira podia ter se enganado nas apalpadelas, pois a barriga pouco crescera, tanto que o umbigo continuava enfiado lá no fundo, vizinhando com as entranhas. Ademais, nem sinal daquele desespero por comer figos-da-índia, e Mafalda chegara a ter medo de que as duas filhas mais velhas nascessem com pele de cáctus: era tal a vida-ou-morte na hora de descascar os frutos que alguns espinhos escapavam ao fio da faca. Sim, tudo indicava que, em vez de grávida, estava era seca, e os olhos de Mafalda, a esse pensamento, alumiavam-se de esperança. Mesmo às vésperas do parto, quando começaram as dores, ela não se deu por vencida, teimando que comera uma melancia passada do ponto. Foi contra a sua vontade que as comadres mandaram buscar a parteira. Mas toda a pressa que a mulher aplicou nas rédeas da charrete não foi suficiente: ao chegar à casinhola no fim da rua, ela encontrou a esposa do arpoador atirada no chão da cozinha, em meio a batatas, nabos e cenouras que, na urgência do acontecido, pareciam ter escorregado ao balaio que jazia mais adiante, de boca para o chão. Do alto da sua ciência, a parteira olhou e compreendeu. Aqueles eram legumes recém-nascidos da horta dos Palumbo, e o minúsculo bebê que a parturiente segurava na frouxura de um só braço também fora dado à luz havia pouco. Mas com uma diferença: as hortaliças tinham sido tiradas do escuro pela mão de Mafalda, ao passo que a criança — *poverina!* —, ela viera para o clarão do mundo por forças outras, contrárias ao querer da mãe.

— *Un'altra femmina* — foi o que Mafalda disse à parteira, com voz de catástrofe.

Repetiu a mesma frase a Girolamo, às duas filhas já moças, às comadres, às vizinhas. Durante todo aquele dia, outra coisa não se ouviu de sua boca. De nada adiantou perguntar pelo nome que seria dado à criança, e tampouco surtiu efeito comentar o quanto era boazinha, tanto que ainda nem se escutara o seu choro, e que dizer do parto? Nunca se vira uma mulher perder tão pouco sangue na hora de dar à luz. A resposta de Mafalda, contudo, era sempre a mesma:

— *Un'altra femmina.* — E seus olhos opacos corriam para a janela, como se houvesse alguém lá fora.

Tão perturbados ficaram todos com a insistência daquela frase que a ninguém ocorreu, mas era preciso, e sem demora, vestir a criança com o pagãozinho da fortuna. De fato, o costume mandava que o bebê trajasse, antes de qualquer outra roupa, uma específica camisa de seda branca, de preferência presenteada por parenta próxima, e assim lhe estaria garantida uma existência à qual a sorte prestaria favores. No entanto, o embrulho trazido pela prima-irmã de Mafalda permaneceu intacto sobre a cômoda do quarto, o laço de fita mimosa nem desfeito. As pessoas ali presentes, cochichando por trás de mãos em concha, só tinham atenção para a mãe da criança: quem sabe um meio-copo de vinho tinto para equilibrar o sangue? Talvez uma pitada de sal debaixo da língua para aquecer as têmporas? Mas todos se calaram quando Mafalda, com uma agilidade estranha ao resguardo, levantou-se da cama. Viram-na ir até o roupeiro, observaram a sofreguidão com que revirava gavetas, caixotes, sacolas, até que, por fim, pareceu encontrar o que procurava. Levou aquilo para junto do bebê, e não houve quem não reparasse no quanto era oco o olhar que ela endereçou à inocente criaturinha. A partir daí, ninguém sabe dizer ao certo como tudo aconteceu. Conta-se apenas que as mãos de Mafalda movimentavam-se com uma rapidez espantosa, como se houvessem ensaiado mil vezes aqueles gestos — e vira daqui, e puxa de lá, e abotoa, e amarra. Quando uma das comadres deu um tapa na própria testa, já estava feita a desgraça: toda branco e azul marinho, a pequena Giuseppina envergava, dos pés à cabeça, uma roupinha de marinheiro. A lapela quadrada, dura de goma, parecia um escudo a separar a criança do mundo para o qual viera.

Os anos seguintes haveriam de tranquilizar a todos. Mesmo não tendo vestido o pagãozinho da fortuna, Giuseppina vingou e revelou-se um ouro de filha. Não era gorda e bonita como Simona e Francesca, mas trabalhava mais do que as duas irmãs juntas, e todos se perguntavam de onde uma mocinha tão mirrada tirava saúde para tanta atividade. Ademais, nunca descuidava do recato e do asseio, tudo isso sem falar na dedicação aos pais, que era algo de molhar os olhos.

Só aos dezessete anos de idade é que Giuseppina daria mostra de não ter trajado a sorte. Naquele dia, desmoronou sobre os Palumbo uma tristeza de sangrar o coração, e todos os habitantes de Santa Maria di Leuca irmanaram-se na dor da desditosa família. Afinal de contas, sabia-se: a picada da tarântula manchava para sempre a honra de uma mulher.

Naquela manhã de agosto, o sol ardia sufocante. Enquanto Giuseppina dirigia-se aos rochedos — o peso do cesto a entortar-lhe o corpo —, sentiu que a cabeça latejava, ocasião em que, tentando massagear o ponto, percebeu: o lenço preto que trazia sobre os cabelos queimava como recém-passado a ferro. Sem permitir-se distrações, ela continuou com o seu andar diligente, pois os polvos não podiam esperar. Um calor estranho, porém, apoderava-se do seu corpo, um calor que parecia esgaçar cada poro de sua pele, mais e mais, abrindo saída para algo que não podia ficar dentro. Quando alcançou uma pedra que parecia adequada, Giuseppina descansou o cesto no chão. Não era do seu feitio lamentar-se, mas perdeu alguns instantes a examinar o antebraço, onde a alça de vime trançado imprimira um vergão profundo. De súbito, recuperou-se: a carne dos polvos enrijecia. Afundando a mão no cesto, ela extraiu o primeiro dos quatro moluscos. Para a função de empunhadura, escolheu o mais firme dos oito tentáculos. E então, usando a técnica que conhecia desde criança, Giuseppina soltou a articulação do ombro e deixou que seu braço crescesse num arco monumental. Na amplidão do movimento, o polvo se abriu em estrela, uma escura estrela contra a luz do céu azul, mas tão efêmera, tão urgente na sua sina de cair, que, mesmo sendo estrela cadente, não poderia realizar desejo algum. Com estrondo maior que o habitual, o polvo chocou-se contra a face da pedra. E Giuseppina repetiu o gesto, uma vez, e outra, e mais outra, resfolegando a cada impacto. Deteve-se apenas por um momento para limpar o suor do buço na manga do vestido, e foi o que bastou: uma força inesperada puxou seus olhos para dentro do mar. Quando deu por si, já estava completamente dominada por aquela obsessão, localizar a linha divisória entre o Jônico e o Adriático, o exato limite entre os dois mares que molhavam a cidadezinha de Santa Maria di Leuca, onde ela nascera e se criara, sem nunca avançar o pé para fora dali.

Esquadrinhou a superfície cristalina por uns poucos minutos, e mais não foi preciso para que ela vislumbrasse a líquida fronteira. Tratava-se de uma tênue diferença cromática, espichando-se desde a ponta mais afiada da costa até as funduras do mar. E veio-lhe, em seguida, a constatação desconcertante: debaixo daquela linha divisória, havia águas cuja identidade dependia do humor das ondas — ora pertenciam ao Jônico, ora ao Adriático.

Nessas águas sem nome, Giuseppina lavou os seus olhos escuros. Quando conseguiu tirá-los do mar, foi com surpresa que fitou o polvo, ainda pendurado à sua mão. Sem titubeio, livrou-se dele, atirando-o a uma distância de perder de vista. Em seguida, arrancou o lenço dos cabelos e, com violência, jogou a cabeça para frente, forçando a cabeleira negra a imitar os tentáculos do molusco. De fato, era tal a parecença entre o movimento do polvo e o dos cabelos que alguns pescadores, enquanto descarregavam um barco ali perto, nada estranharam nos modos da moça. E Giuseppina repetiu o gesto à exaustão, açoitando a pedra com as pontas dos fios. Até que, de improviso, saiu a correr pela praia.

Desde que se entendia por gente, nunca antes ela sorrira assim, sem levar a mão à boca. Seus pés descalços, naquele desabalo, deixavam pegadas estranhas na areia: cinco dedos tão separados uns dos outros que pareciam pétalas de uma flor enfim desabrochada. E continuou a correr, correr e correr. Para fazê-la parar, foram necessários seis homens fortes — ela se debatia com a fúria de um atum recém-pescado. Foi a custo que a deitaram no chão, de cara para o sol, e a grande bola de fogo pôde observar a cena sob um ponto de vista privilegiado: era meio-dia, e o olho do sol estava em ângulo reto com o chão, um olho muito aberto e amarelo, olho de agosto.

Essa teria sido a primeira vez em que Giuseppina Palumbo apresentou sintomas de tarantismo. O médico da cidade foi pego de surpresa, pois o último registro de um caso semelhante remontava a anos atrás, e todos juravam que, passado tanto tempo, o flagelo não mais castigaria as moças do sul da Itália. Foi só depois de consultar arquivos comidos de traças que o doutor encorajou-se. À procura da picada, revirou Giuseppina de alto a baixo. Nada encontrando, concluiu que a temível aranha teria injetado o veneno na cabeça da menina, em algum ponto escamoteado pela fartura dos cabelos. De resto, tal suspeita era confirmada pela própria garota, que afirmava ter sentido, enquanto caminhava até os rochedos, uma dor latejante na altura da têmpora.

Eu, de minha parte, não sei o que pensar. Sinto-me arrogante ao duvidar de um diagnóstico que teve o beneplácito de toda uma comunidade, um diagnóstico que se fundou numa tradição de séculos. Afinal de contas, o que sei a respeito dessa doença? Venho de um país onde a tarântula salentina nunca pôs as suas patas. Nada entendo de tarantelas, nunca ouvi o som de um *tamburello* e não sei que gosto tem a água milagrosa tirada do poço de Galatina. No entanto, mesmo consciente do meu atrevimento, eu insisto em duvidar. E me volta à cabeça, como uma teima, a ideia de sempre: além da tarântula, existem, no mundo, várias outras criaturas perigosas. Cada qual com o seu veneno.

2

Na periferia onde Marçal morava, causou perplexidade a notícia de que uma família italiana acabara de chegar. Vivia-se o final dos anos sessenta, e, naquela altura, o oceano já cicatrizara dos talhos abertos pelos tantos vapores que haviam partido de Gênova com destino a Santos. Mais estranho ainda era que os Palumbo tivessem vindo de Santos para a cidade de São Paulo, pois a profissão do homem — soube-se logo depois — era a de pescador, e não parecia bom negócio trocar o mar pelo Rio Tietê.

Só dali a mais de um ano, quando o tarantismo de Giuseppina se manifestasse em solo brasileiro, é que tudo começaria a fazer sentido.

Na ocasião, foi graças ao pároco que a explicação se espalhou e, vissem bem, não havia mal nenhum nisso, porque a coisa fora-lhe dita longe do confessionário, merecendo mesmo ser alardeada, como testemunho da fé vigorosa que abençoava aquela família tão sofrida. Com efeito, a escolha dos Palumbo pela cidade de São Paulo fora motivada por devoção. O santo protetor das tarantatas não era outro senão São Paulo.

— Santo protetor de quem? — indagou uma carola, a testa amarrotada de curiosidade.

A resposta veio em tom forçadamente casual:

— As tarantatas, minha filha, são as mulheres vitimadas pela mordida da tarântula.

Nenhum dos fiéis ali à volta contentou-se com o esclarecimento, o que fez o padre dar uma respirada comprida, tão comprida que a barra da batina subiu, deixando ver o listrado das meias. Enfiou os dedos entre o pescoço e a tira branca do colarinho, como se precisasse alargar aquele pouco espaço, e, por fim, concordou em repetir, na medida do possível, a história inquietante que lhe contara a Senhora Mafalda. Antes de começar, porém, pediu que dessem um desconto: uma ou outra palavra havia escapado à sua compreensão, já que a pobre criatura exprimia-se num engrouvinhado de italiano, dialeto e português. Mas a essência do relato, estivessem seguros, era aquela.

Depois da indiscrição do padre, o assunto não tardou a ganhar as ruas do bairro, arregalando os olhos das senhoras que, nos fins de tarde, vinham para a frente das casas, trazendo suas cadeiras de abrir e suas térmicas de chá-mate. Também no bar do Macedo, as expressões eram de estupor, e os copos de cerveja ficavam imóveis no ar, preteridos por aqueles rumores sem pé nem cabeça. Sim, um ano após a chegada dos Palumbo ao Brasil, a desgraça de Giuseppina deixava de ser segredo. Contudo, que raio de doença era aquela? Nunca se ouvira falar do dito tarantismo, e desde quando que picada de aranha virava desse jeito a cabeça de uma mulher? Depois de muito isso e aquilo, alguém sentenciava:

— Esquisitices de gente estrangeira. — E os outros concordavam, mesmo porque havia mais o que assuntar.

A conversa então derivava para o último capítulo da novela, ou para a escalação do Corinthians, ou para o destrambelho da inflação. No fim das contas, para aquelas pessoas não fazia a menor diferença que a italianinha fosse lá meio doida. Dali a algum tempo, mal lembrariam o que acontecera no entardecer do último sábado.

A Senhora Mafalda, no entanto, jamais esqueceria aquele cair de tarde — Giuseppina saltando pela janela, ávida por ganhar a rua, Giuseppina e aquele rasgão de gargalhada na boca, Giuseppina emporcalhando a calçada com os seus saracoteios e rodopios. E o absurdo maior: a calcinha metida no topo da cabeça, como fosse um chapéu bonito. Em Santa Maria di Leuca, Mafalda não teria hesitado em correr atrás da filha, aspergindo água milagrosa e brandindo a estatueta de São Paulo; dessa vez, porém, algo a tinha paralisado. Para o espanto de Francesca e de Simona, a mãe deixara-se ficar à janela, observando aquela vergonheira com olhos tão vazios que pareciam ter-lhe sido arrancados. Sim, a doença da menina persistia. Maldito Girolamo. Maldito Girolamo e seu mapa.

Quando os Palumbo haviam decidido emigrar, deixando para trás tudo o que conheciam do mundo, tinha sido Girolamo a sugerir o destino. Ouvira falar na existência da cidade brasileira; se buscavam um recomeço para a pobre da menina, a esperança parecia estar bem ali. Dizendo isso, ele fincara o dedo calejado num ponto do mapa, e Mafalda, por um instante, largou a colher de pau, ainda que assim pudesse pôr em risco o sabor do ragu que borbulhava na panela. Parecia haver fundamento no que dizia o marido. Achegou-se, então, à mesa da cozinha, onde o mapa bolorento estava esparramado. E, secando as mãos no avental, espichou, até aquele ponto de geografia tão remota, um olhar brilhoso de fé.

No entanto, nada aconteceu conforme o esperado. Já a bordo do navio, Giuseppina dera mostras de não ter deixado para trás os sintomas da doença. Sem que ninguém esperasse, a menina emitia um guincho, um guincho que fazia as ratazanas pularem de seus esconderijos e correrem enlouquecidas por cima dos tantos pés que disputavam espaço naquele porão. Mas nem isso abalou a confiança de Mafalda: quando estivessem em terra firme, quando pudessem ajoelhar-se e beijar o chão daquele lugar chamado São Paulo, aí sim Giuseppina estaria livre da maldição da tarântula. E foi o que fizeram ao descer do vapor, sendo que Mafalda foi a última dos Palumbo a levantar-se daquele ósculo tão fervoroso.

Tempos depois, vendo o tarantismo da filha arreganhar-se na calçada da periferia paulistana, Mafalda recordaria o contato de seus lábios com o chão gosmento do porto de Santos. Francesca chorava agarrada à estatueta, Simona tinha as mãos premidas contra as bochechas e perguntava *cosa facciamo, mamma?*, mas Mafalda permanecia imóvel junto à janela, com aqueles olhos que pareciam enxergar não o que estava além da vidraça, mas o que estava além de um espesso nevoeiro. Sem dar ouvido às súplicas das filhas mais velhas, ela correu as cortinas e, muda, foi para os fundos da casa, embrenhando-se na brancura dos lençóis que pendiam do varal. E lá, circundada pelo cheiro e pela cor da higiene, Mafalda Palumbo esfregou as costas da mão sobre a boca, mas com tamanha força e tão repetidas vezes que um traço de sangue — vivo como a morte violenta — aflorou de uma pequena fissura.

No fim daquele dia doloroso, quando Giuseppina, lavada de suor, dormia sob o peso das correntes que a prendiam à cama, Girolamo aproximou-se da esposa. Sobre uma tábua escalavrada, ela picava cebola bem miudinho, e o ardume que subia da madeira seria o álibi perfeito para o correr de lágrimas; Mafalda, entretanto, tinha o deserto nos olhos. Pousando-lhe a mão no ombro, Girolamo tentou tranquilizá-la: não tivesse receio da boataria. O episódio não tinha maior significado para a gente brasileira que vivia ali na redondeza.

— *Vai a lavarti* — resmungou ela, retraindo o ombro àquele afago. E ajuntou as costumeiras imprecações contra a fábrica imunda onde o marido arrumara emprego.

Na cabeça de Mafalda, a culpa daquela desgraça não era do santo, mas sim de Girolamo. Das duas, uma: ou esse São Paulo brasileiro era um belo de um impostor, sem relação alguma com o São Paulo de verdade, aquele da Santa Igreja Católica Apostólica Romana, ou então — e isso era bem provável — o santo ficara ofendido com as precauções tomadas pelo pai da tarantata. Sim, pois tinha sido Girolamo a enfiar na bagagem, furtivamente, a garrafinha de água milagrosa, e fizera o mesmo com as correntes. Que desrespeito! Ainda na véspera de tomarem o vapor, Mafalda tivera aquele sonho lindo, São Paulo todo envolto num manto cor de ouro, a tarântula esmigalhada debaixo da sua sandália, e Giuseppina que caía de joelhos, vestida de noiva, diante do milagre. Como Girolamo ousara pôr em dúvida a força do santo? Além disso, se estavam instalados naquela periferia encardida, era também graças à pouca fé do marido. Recém-chegados a São Paulo, o intermediador insistira para que eles escolhessem o Bixiga, ou então a Mooca, ou mesmo o Braz, bairros onde, bem ou mal, viveriam cercados de gente da mesma igualha. Girolamo recusara sem pestanejar, e Mafalda, olhando para ele de canto de olho, adivinhou o que ia na cabeça do seu homem: entre os italianos, Giuseppina jamais se livraria do estigma de tarantata. Se as crises voltassem a ocorrer, a infeliz não poderia sair de casa sem que lhe caíssem em cima, como pedradas, olhares pesados de horror. Em silêncio, Girolamo dizia que era melhor não arriscar, e assim ultrajava o santo em cujas mãos estavam entregando a sorte da caçula. Não, não havia razão nenhuma para assombro: o castigo que São Paulo agora lançava sobre a família era mais que merecido.

    Com seus olhos secos, Mafalda continuou picando a cebola, e os pedacinhos já eram transparentes de tão pequenos. Tivesse imaginado o futuro, tivesse imaginado que a sua Giuseppina não encontraria descanso em lugar algum, nem mesmo naquela cidade que levava o nome do santo protetor das tarantatas, Mafalda Palumbo jamais teria deixado a Itália. Maldito o dia em que Girolamo desenrolara o mapa sobre a mesa da cozinha. E o ragu de um enorme panelão perdera o ponto. *Tutto per niente.*

3

Uma semana após a tal conversa com o intermediador do porto de Santos, o casal e as três filhas viriam a instalar-se na casa de reboco crespo, situada em frente ao prédio onde morava Marçal. Eis o modo como a gente da redondeza referia-se àquela casa. A fachada externa era toda revestida de cimento branco, mas não de um cimento lisinho: a cada pouco, a massa ressaía em saliências pontiagudas, como se fizesse um esforço para escapar da superfície.

Anos mais tarde, Marçal olharia para a casa de reboco crespo, só então percebendo: aquelas paredes eram a alegoria perfeita da doença de Giuseppina. De fato, quando vinham as crises, o corpo dela parecia maltratado por uma ânsia louca de despegar-se de si mesmo. Contudo, nenhum dos Palumbo deve ter pensado nisso ao pôr os olhos na casa. O pesadelo tinha ficado para trás, na distante Santa Maria di Leuca, e a vida que para eles se inaugurava correria plana, incapaz de machucá-los com o irromper das vergonhas do passado.

Sob a claridade de uma aurora ainda hesitante, os Palumbo desceram do auto de praça, com suas roupas escuras e amarrotadas. Do quinto andar, Marçal esticou o olho e duvidou de que as pessoas lá embaixo fossem os novos inquilinos da casa em frente: traziam consigo apenas um saco comprido de lona, e via-se que o conteúdo estava frouxo ali dentro, porque a boca do saco, plissada por uma corda de nó apertado, tombava debilmente, evocando a ideia de uma flor desmilinguida.

Mas Regina garantiu:

— Não é, sabe o que é? Eles vieram num navio apinhado de gente. Mal comportava os pertences das pobres criaturas.

Marçal detestava a mania da enfermeira. Nove entre dez das suas frases iniciavam com aquela fórmula irritante: a negativa seguida da pergunta.

Rilhando os dentes, ele foi até a cozinha. A fruteira no centro da mesa mostrou-lhe o desânimo de bananas pretas, já despencadas do cacho, e a alternativa era uma minúscula maçã, cuja casca convertera-se em pergaminho. Dentro do armário, um bico de pão escondia-se sob o guardanapo xadrez, mas Marçal não quis tocá-lo, pressentindo, nas pontas dos dedos, o empedernido da casca e do miolo. Que penúria. Não havia mais como adiar a ida ao supermercado, e a programação daquele compromisso pôs uma tonelada sobre os ombros do rapaz, fazendo-o experimentar um cansaço que não combinava com as primeiras horas da manhã. Quando deu por si, tinha os cotovelos fincando a beirada da pia, e seus olhos iam sendo sugados pelo escuro do ralo.

— Acorda, Marçal — disse ele a si mesmo, bem baixinho, para que Regina não ouvisse.

Tentando recompor-se, alisou as fartas sobrancelhas desde o centro até os cantos, como se quisesse destacar uma da outra — o que, na opinião da enfermeira, daria ao seu rosto um ar toda vida mais simpático. Tinham sido inúmeras as vezes em que Regina oferecera-lhe a pinça, salientando que a questão não era apenas estética: a junção das sobrancelhas estava invadindo o espaço do terceiro olho. Não acreditava? Pois arrancasse aqueles pelos abusados e ia ver só: a clarividência oportunizava uma percepção ampliada do mundo.

Para o gosto dele, porém, já enxergava do mundo o suficiente, mais até do que gostaria. Endireitou a postura e, lembrando-se do adiantado da hora, enfiou no bolso umas bolachas de água e sal.

— Bom, Regina, estou saindo. Se a mãe demorar a acordar, não estranhe. Ela passou uma noite muito agitada.

— Pobrezinha. Não é, sabe o que é? Esse calor mormacento estraga com o sono da gente.

Fechou-se com estrondo a porta do apartamento 504 do Edifício Sabiá, e Marçal logo se repreendeu do gesto. Não convinha que a mãe, antes da hora apropriada, emergisse dos sedativos.

Quando chegou à rua, viu que, para a delícia de Regina, os novos vizinhos continuavam na calçada. Pelo jeito, o motorista e o italiano enfrentavam dificuldades de comunicação.

— Bandeira dois — dizia o primeiro, dedo impaciente indicando o taxímetro. E o outro puxava, do interior de um envelope gasto, duas notas de um cruzeiro.

    Marçal teve o impulso de atravessar a rua e oferecer ajuda. Na época do Belas Artes, ele estudara um pouco da língua de Paganini, não muito mais do que o *allegro* e *adagio*, mas o suficiente para esclarecer ao carcamano qual o valor da corrida, assim como para tirar-lhe da cabeça a suspeita de estar sendo logrado. No entanto, tinha de estar no conservatório em uma hora e, dali até o Centro, era um bom pedaço de São Paulo a sacolejar pela janela do ônibus. Indeciso, estacou em frente ao edifício. Conferiu o mostrador do relógio de pulso, deixando-se ficar naquela atitude mesmo depois de feita a leitura dos números, quando então seus olhos já não viam o ponteiro das horas e o dos minutos, e sim o rosto amarelo-doença do diretor do conservatório, pedindo-lhe que, pelo amor de Deus, não tornasse a atrasar-se, porque as mães dos alunos estavam buzinas da vida, e não era sem razão. Ah, mas o Seu Rúdi que fosse catar coquinhos. Marçal Quintalusa era a única nota afinada naquele conservatório cacofônico. Tivesse aceito a bolsa de estudos, ele agora estaria em Munique, e o Seu Rúdi estaria num pé só, à cata de um burro de carga que topasse dar conta, sozinho, de todas as aulas de piano. Hoje, por exemplo, o expediente era massacrante: começava às oito da manhã, com a mocinha aquela, e terminava somente às seis da tarde, quando ia embora o menino ruivo. Tinha cabimento?

    Embalado, Marçal queria prosseguir naquela indignação, mas sentiu que já não podia: a lembrança da mocinha para quem ele daria aula no primeiro horário da manhã entortou-lhe, num repente, o curso das ideias. Graciosa como poucas, ela tinha uns quinze anos que passavam fácil por vinte — e logo ficou claro, na cabeça de Marçal, que tomar o rumo da parada de ônibus era a coisa mais acertada a fazer. Afinal, o Seu Rúdi sofria do fígado e, quando se incomodava, não havia o que chegasse daqueles flaconetes de extrato de boldo. De um jeito ou de outro, o motorista e o italiano acabariam se entendendo.

Tomada a decisão, ele ergueu os olhos, e foi só então que se descobriu observado. Não pelo velho, que prosseguia no seu esforço de compreender o taxista, nem pela matrona que, com os lábios amontoados no canto da boca, investigava o redor deixando clara a sua desaprovação. As duas grandalhonas à volta da mãe, por sua vez, baixavam tanto a cabeça que um nó de chumbo parecia atar-lhes, debaixo do queixo, o lenço preto que traziam sobre os cabelos. Havia, contudo, uma terceira jovem, e era ela quem o observava. Compleição miúda e idade temporã, mantinha-se a uma certa distância do grupo, as pernas tão juntas que pareciam siamesas, as mãos apertadas uma na outra. Marçal desconcertou-se: o olhar da italianinha era a tal ponto intenso que, de repente, já não havia uma rua a separá-los, não havia, aliás, sequer um centímetro, pois aquelas retinas escuras estavam bem ali, grudadas em cima dele feito piche. Percebendo-se flagrada, a jovem teve um sobressalto e, rápida como o arrependimento, desviou os olhos para os bicos das botinas.

Entretanto, mesmo quando Marçal já ia longe, o ônibus abandonando a periferia e embrenhando-se na densidão da cidade, aquele olhar ainda escurejava sobre ele. Procurou pensar na penugem delicada que descia pelo pescoço da aluna — será que ela viria de novo com o cabelo preso? —, mas a lembrança dos olhos da outra assoprava uma noite negra dentro da sua cabeça, apagando todos os pensamentos que tentassem luzir.

    Embora não sentisse fome, foi tirando as bolachas de dentro do bolso e mastigou-as sem vontade, ajudado pelos solavancos do coletivo. E nem espantou os farelos que vieram competir com o xadrez da sua camisa.

4

DESDE AQUELE DIA, MARÇAL passou a ter um interesse exagerado pela casa de reboco crespo. A mocinha que tinha a noite nos olhos não lhe saía do pensamento, e a vontade de revê-la beliscava-o a todo instante. Sem dar-se conta, estava de novo na janela do seu quarto, espreitando, através das lâminas tortas da persiana, o outro lado da rua.

Todavia, não dispunha do dia inteiro para aquela tocaia. Além das aulas no conservatório, tinha de dar conta dos alunos particulares, isso sem falar nas duas noites por semana em que se apresentava no piano-bar. E havia — é claro — o maior de todos os seus compromissos, aquele que, nesse instante, dormia logo ali, no quarto ao lado.

Nem completara o pensamento e um grito trincou a quietude da noite. Sacudido pelo susto, Marçal apoiou-se no piano, justamente na extremidade esquerda do teclado, o que tirou do instrumento um acorde de filme de terror. Enquanto as lâminas da persiana tremiam à vibração do estrondo, pôs em marcha a meia-dúzia de passos que as suas pernas já empreendiam de forma autômata e, num segundo, estava à porta do quarto da mãe.

— O que a senhora tem, mãezinha?

Sentada na borda da cama, ela agora gania baixinho, e era um choro que parecia forçar saída no aperto da garganta. Como fitasse um ponto específico na penumbra, Marçal achegou-se à mesa de cabeceira e puxou a pequena corrente do abajur. Impressionou-se: o rosto murcho da mãe retesava-se numa máscara dura de pavor.

— Foi pesadelo, mãe?

Acomodou-se ao lado dela e segurou-lhe as mãozinhas miúdas. Em seus dorsos manchados, aquelas mãos mostravam a cor castanha da idade, ao mesmo tempo em que exibiam, nas unhas, um perfeccionista rosa-caribe, cor que Regina afiançava: seria a coqueluche da próxima estação.

— Vou apanhar o remédio, está bem? É o tempo de eu ir até o banheiro.

Antes que ele pudesse levantar-se, a mãe apertou-lhe o braço, e as palavras vieram salpicadas de soluços:

— Ela está morta! Você não vê? Está morta!

Marçal sequer olhou na direção apontada pelo dedo trêmulo.

— Ela quem, mãezinha?

— Não está vendo? É a Zaida!

Marçal coçou a testa, sem saber o que dizer. No entanto, algo precisava ser dito: os gemidos da mãe entravam como agulhas em seus tímpanos.

— Ela viveu o bastante, a senhora não acha? Decerto que morreu feliz.

Arrependeu-se logo de tais palavras. Com uma fúria inesperada, a mãe desatou a balançar a cabeça para um lado e outro, os cabelos ralos desprendendo-se dos grampos.

— Não! Ela não viveu o bastante! Como você pode dizer isso? A infelizinha da menina! Amanhã mesmo ela ia subir no galho mais alto da figueira, estava juntando coragem, ia comer os figos mais doces. Amanhã mesmo. Amanhã...

E engatou de novo na cantilena de gemidos. Os fiapos cinzentos de cabelo, mesmo que agora pendessem à frente de seus olhos, não os impediam de continuar enxergando, com a mesma nitidez, toda a crueldade da cena — talvez o caixão onde a menina dormisse o seu sono eterno.

Aos poucos, com a suavidade de argumentos que se repetiram feito um carrossel, Marçal conseguiu acalmá-la. Arrumou-lhe os cabelos para trás das orelhas, ajudou-a a engolir o comprimido, convenceu-a a deitar-se de novo. Como em todas as noites, ele ficaria ao lado dela até que dormisse, acariciando-lhe a têmpora com a ponta dos dedos, desenhando círculos que — fantasiava — convidariam as ideias da mãe a organizar-se, tudo enfim se explicando, tudo encontrando um sentido. E assim foi: só quando os dois olhinhos opacos sumiram na pelanca das pálpebras é que Marçal levantou-se. Doía-lhe a lombar, e não poderia ser diferente, ao fim de um dia em que se somavam nove horas ao piano. Espreguiçou-se até ouvir o costumeiro estalido. Será que sobrara na geladeira um pouco da sopa de ontem? Em vez de ir até a cozinha, deixou-se ficar ali por mais tempo. O luar entrava azulado pela janela, e a sombra da paineira que frontejava o prédio dançava vertiginosa contra a parede do quarto. Era bonito de ver.

 De repente, Marçal reparou no quadro que, em meio àquele farfalhar de sombras, pendia um pouco torto. Aproximando-se, endireitou-o: pronto, agora sim o quadro estava alinhado. Mas um sorriso triste, aos poucos, levantou um dos cantos da sua boca. Que importância tinha aprumar o quadro? Que importância tinha aprumar o quadro se a vida — e o repuxado da sua boca despencou —, se a vida insistia em manter-se torta? Sem pressa, ele deslizou o dedo ao longo da moldura de laca vermelha. Ali, atrás daquele vidro turvo de pó, estava o certificado de que a mãe, em outros tempos, tanto se orgulhava. No alto do documento, lia-se "Escola Profissionalizante Punhado de Açúcar"; seguiam-se algumas frases pomposas e por fim aparecia, sobre uma linha pontilhada, o nome de Zaida Quintalusa, manuscrito a bico de pena em letras corajosamente góticas. Pobrezinha da mãe. Uma vida inteira às voltas com merengues e caldas de caramelo, e agora, aos oitenta e seis anos de idade, com o cérebro mastigado pela demência senil, ela chorava a doçura dos figos que não chegara a provar.

 Esquecido da fome que lhe chupava o estômago, Marçal voltou para o seu quarto. Uma força já experimentada arrastou-o para junto do piano e, golpeando-lhe os joelhos, obrigou-o a sentar sobre o gorgorão puído da banqueta. E logo suas mãos estavam transformadas em dois pássaros de asas muito abertas. Ah, como lhe fazia bem o contato com as teclas! Quase podia sentir uma energia qualquer que lhe entrava em redemoinho pelas linhas digitais, enfiava-se depois nas falanges, desatava--lhe os nós dos dedos. E quando tocava, fosse a música que fosse, era como se não encontrasse resistência alguma do instrumento: as teclas pareciam recuar no exato instante em que os seus dedos avançavam sobre elas.

Naquele momento, porém, Marçal manteve as mãos imóveis sobre o teclado. À sua frente, a partitura imaginária recusava-se a mostrar as notas certas, as notas que seriam capazes de exorcizá-lo de si mesmo. Frustrado, baixou os olhos, e uma queda de tão poucos centímetros foi suficiente para trazer à tona tantas lembranças. Porque ali estava, entalhada em dourado na madeira escura do piano, aquela palavra: Steinway. Que sacrifício enorme a mãe fizera, e tudo em nome de um simples nome. Antes Marçal nunca lhe tivesse dito que o Steinway era o melhor piano do mundo, pois desde então ela encasquetara que o filho haveria de ter um desses, e como era mesmo que se escrevia? Anotou letra por letra num papelzinho que ficou guardado, durante anos, na gaveta dos documentos importantes. E, enquanto aquela palavra difícil aguardava, Zaida Quintalusa arrebentou-se de tanto trabalhar. Aceitava mais encomendas do que era capaz de atender e varava noites sem dormir, enrolando brigadeiros e cajuzinhos, batendo claras em neve, puxando fios de ovos, cobrindo tortas com o branco ornamental que saía do bico de confeiteiro. Não era raro que amanhecesse à mesa da cozinha num ressonar profundo, a cabeça aconchegada de lado sobre os braços de mangas plásticas, minúsculos grãos de açúcar pendurados nas suas pestanas e sobrancelhas. Marçal mordia os lábios ao encontrar a mãe desse jeito. Mas, diabo, ele não pedira o tal piano! Uma teimosa, não passava disso, uma teimosa com vocação para vítima! E era assim que a pena transformava-se em raiva, esturricando um coração adolescente que estava prestes a gotejar. De má vontade, Marçal saía pelas ruas do bairro equilibrando as caixas de doces. Detestava quando a mãe, assoberbada, pedia-lhe ajuda para as entregas, e ela ainda fazia questão de que o filho se apresentasse às freguesas todo abotoadinho, os cabelos lambidos para o lado com uma gomalina que, feita em casa, cheirava a óleo de fritura. A molecada da vizinhança debochava sem dó. Desde que ele começara a interessar-se por piano, os companheiros de futebol haviam-lhe virado as costas. Não perdoavam que o centroavante já não estivesse tão disponível para as peladas de fim de tarde, ainda mais por um motivo assim bobo. Cheios de despeito, alegavam que o time não tinha lugar para maricas. Deus nos livre que o delicadinho destroncasse um dedo! — e a gurizada ria-se dele. Quando o viam passar na calçada com as caixas de papelão pardo empilhadas no ombro, seguiam-no em saltitantes zombarias, perguntando-lhe se agora andava também metido com panelas e aventais. Mulherzinha, mulherzinha! Era nisso que dava um garoto ser criado pela avó.

Sim, pois todos no bairro sabiam. A doceira criara o menino desde os cueiros, tanto que ele até a chamava de mãe; a certidão de nascimento, porém, não mentia: Zaida Quintalusa era, na realidade, sua avó. Não que a mãe verdadeira houvesse morrido ou coisa do tipo. Aconteceu que a Eunice, depois do parto, mudara a tal ponto que parecia nascida de novo, e os moradores mais antigos do edifício lembravam bem. A moça simpática e conversadeira, que só tinha atenção para a vida dos astros de Hollywood, trocou o colorido da sua coleção de revistas pelo preto e branco dos livros. O menino ainda nem completara um mês e ela já estava matriculada num supletivo, e não demorou a arranjar também um curso de inglês e outro de datilografia. Já era tempo da Nicinha tomar tenência, dizia Dona Zaida para os vizinhos, porque o namorado, um mau-caráter de primeira, chispara no mundo tão logo soubera da gravidez. Baixando os olhos para o bebê que dormia sereno em seu colo, ela acrescentava: carecia de pensar no futuro daquela doce pessoinha.

Contudo, uma ruga nova pesava na testa de Zaida Quintalusa, e ali dentro — os vizinhos podiam apostar — escondia-se uma ponta de preocupação. Pois não era vã. Mais e mais, a Eunice assumiu compromissos: grupos de estudo, congressos, estágios, tudo sempre lá longe, para as bandas do Centro, ou às vezes até em outras cidades. A criança já não apenas passava as manhãs com a avó, mas também as tardes, e tornou-se comum, com o tempo, que pernoitasse ali, num berço desmontável de aspecto talvez insosso, não fosse pelo cavalinho de lã azul que a velha pendurara no suporte do mosquiteiro. Quando a Eunice enfim aparecia para buscar o pequeno, escutava-se a choradeira em todos os seis andares do Edifício Sabiá, e os berros continuavam na parada de ônibus, onde se via aquela mãe a sacudir-se para um lado e outro, ao ritmo desesperado de um nana-nenê que parecia dar mais fôlego aos pulmões do coitadinho. Atopetada de crescentes ocupações, a Eunice passou a vir apenas nos fins de semana e, sem mais nem menos, a coisa rareou para uma vez por mês. Depois que ela arrumou o emprego, foi a conta, pois ninguém mais a viu entrar ou sair do Edifício Sabiá. Às freguesas que indagavam, Dona Zaida explicava que a Nicinha tinha sido aprovada em concurso público: era cafezinho a toda hora e um contracheque de revirar os olhos. Pena que a tal prefeitura ficasse lá nos confins do Brasil. E a doceira mostrava, comovida, o triciclo que a filha mandara no primeiro aniversário do pequeno Marçal: a lataria vermelho-vivo, as fitas coloridas que pendiam das pontas do guidom, não era mesmo a coisa mais linda deste mundo? As freguesas concordavam. E como poderiam fazer diferente? Era imensa a súplica naqueles olhos.

Pois essas mesmas freguesas, alguns anos mais tarde, encomendariam doces numa quantidade maior do que lhes pedia a gula. Correu de boca em boca a obsessão de Dona Zaida pelo tal piano de marca estrangeira, e dava pena ver a mulher num tamanho desespero, insistindo para que levassem só mais uma caixa, saía pela metade do preço, e já tinham experimentado a cuca? Uma gostosura, sendo que, de brinde, vinham meia dúzia de balas puxa-puxa. Todavia, apesar da piedade das freguesas, a caderneta de poupança da doceira continuava exibindo uma cifra insuficiente. Até que começou a função com os legumes.

De fato, foi graças aos legumes que Zaida amealhou a dinheirama necessária para comprar o Steinway. Tudo começou como brincadeira, por ocasião de um almoço da paróquia em que ela, encarregada de organizar a enorme mesa, entendeu que faltava um toque de vida. Aproveitando as fartas doações do quitandeiro, fez rosas a partir de cascas de tomate, árvores em que molhos de espinafre equilibravam-se sobre aipins, pássaros com corpo de nabo e bico de cenoura. E, no centro do bufê, circundado por um rebanho de ovelhas de couve-flor, um Jesus Cristo todo em polpa de berinjela, a casca roxa vestindo-o com uma túnica de corte majestoso, os cabelos de milho pendendo em mechas onduladas sobre os ombros. Toda a gente maravilhou-se. Até mesmo o padre — que, a princípio, considerara inadequado aquele Cristo vegetal — reparou melhor na fisionomia, na expressão do olhar, e teve de reconhecer: trabalho de artista.

Desde então, choveram encomendas. Não havia quem não quisesse as criações de Zaida Quintalusa para a decoração de uma mesa festiva. E eram aniversários e batizados e casamentos, e eram quermesses e inaugurações e comícios. Pouco a pouco, foram engordando as economias da mãe-avó de Marçal, e os olhos dela brilhavam ao conferir o extrato bancário: com o melhor piano do mundo, o menino haveria de tornar-se um renomado pianista, desses que, nos concertos, jogam para trás o rabo do fraque com a elegância de um golpe seco.

Marçal contava dezesseis anos quando o Steinway foi içado para o quinto andar do Edifício Sabiá. A vizinhança até se amontoou na calçada a bem de ver que jeito tinha o tal colosso, mas — que perda de tempo! — não passava de um piano como outro qualquer. Aos resmungos de grande-áfrica e bela-porcaria, o grupo não demorou a dissolver-se, e só restou Marçal, recomendando aos homens que tivessem o maior cuidado. De olhos incrédulos, ele acompanhou o processo milímetro a milímetro: como era possível que umas roldanas assim frágeis aguentassem tanto peso? No entanto, mesmo gemendo a falta de óleo, o mecanismo parecia dar conta do recado. E Marçal, de repente, sentiu um aperto no estômago, pois aquela engenhoca de aspecto tão precário, demonstrando tamanha valentia e confiança, bem podia ser comparada à sua mãe. De fato, ela conseguira. Subia do chão o sonho de Zaida Quintalusa, e ela nem estava ali para assistir àquilo com seus próprios olhos, tudo porque a tinham chamado para enfeitar uma mesa com duendes de batata-doce, ou jacarés de pimentão, ou qualquer outra dessas esculturas que, em segredo, envergonhavam Marçal: aqueles legumes tinham a tristeza dos palhaços que ele um dia vira no picadeiro de um circo, palhaços cujo sorriso era apenas um desenho de batom.

Com o Steinway instalado em seu quarto, o rapaz fez progressos admiráveis. Sempre que podia, estava diante do instrumento, mergulhando os dedos na delícia daquelas oitenta e oito teclas. A vizinha de baixo, aliás, passou a sentir saudades do tempo em que o menino da Zaida só podia treinar as suas peças no piano da escola de música; e, quando essa saudade tornava-se insuportável, ela batia no teto com o cabo de uma vassoura.

Passaram-se anos, chegando o dia em que Marçal, com as melhores notas, formou-se pianista, sendo na ocasião agraciado, em razão de seu desempenho, com uma bolsa de estudos em uma conceituada escola de Munique. A cerimônia no Belas Artes teria sido inesquecível para Zaida, não fosse pelo fato de, justo àquela época, terem começado os seus lapsos de memória. Mas a quem pertencia um anel de pérola tão bonito? E Marçal lembrava-a, ainda aturdido, de que tinha sido ele a presenteá-la com o anel na noite da formatura, naquele momento em que ela, chamada pelo paraninfo, subira ao palco para entregar o diploma ao filho. Zaida levantava as sobrancelhas e sorria: claro! — que cabeça de vento a sua! E o anel comprado à prestação numa casa de penhores voltava a sumir no escuro da caixinha de joias, ao mesmo tempo em que a explicação recém-ouvida sumia no breu do esquecimento.

Dali para frente, tudo degringolaria numa velocidade assustadora. No correr de um ano, os doces deixaram de ser encomendados, pois se tornara comum morder um brigadeiro e descobri-lo duro de sal, ou provar uma fatia de torta e surpreendê-la apimentada. Também os legumes decorativos deixaram de ter procura, pois a artista parecia ter perdido o dom: não tinha graça nenhuma um tomate bobamente cortado em rodelas, e que dizer do raladinho de cenoura? Esse trivial podia ser feito em casa. Vendo esfarelar-se a freguesia da mãe, Marçal assumiu uma quantidade de alunos cada vez maior, e já não podia manter-se fiel à sua resolução de, sem delongas, desiludir os que tinham mão pesada: todos, sem exceção, poderiam tornar-se pianistas; bastava ter perseverança. Aquela farsa revoltava-o, feria as suas crenças mais intransigentes. No entanto, o remédio da mãe custava uma babilônia, e logo se fizeram necessárias as sessões de fisioterapia, e daí a ter que contratar Regina foi um piscar de olhos. Era um não-acaba-mais de despesas. Quando percebeu, Marçal estava a tal ponto empenhado com as aulas que só um nada de tempo sobrava-lhe para compor. Desse jeito, quando é que escreveria a suíte tão sonhada? Amargurado, ele via seus dias serem consumidos naquelas enfadonhas escalas de dó, enquanto a vida aguardava-o impaciente, em algum lugar muito longe dali.

Não saberia dizer quando começara a reparar nas alunas. Perfumes florais, unhas leite-aguado, anéis solitários: a delicadeza das mocinhas com quem Marçal dividia a banqueta era um frêmito de poesia em meio a tanta esterilidade. As prediletas eram aquelas trazidas ao conservatório por um automóvel vistoso, as que penduravam no cabideiro, sem nenhum escrúpulo, uma bolsa mais cara que o ordenado do professor. Marçal imaginava-as dormindo em lençóis de cetim, ensaboando o corpo em banheiras transbordantes de espuma, saciando o arrepio da pele com um roupão branquíssimo, macio feito nuvem. Mas o Seu Rúdi que ficasse descansado: nunca ele se aventurara além de um suave ombro no ombro, ou de um imperceptível roçar de coxas. Bastavam-lhe as suas fantasias, doces quimeras de beijos e apertões que, por vezes, acompanhavam-no mesmo após o fim do expediente, dançando em sua cabeça ao ritmo arranca-e-para do ônibus que rumava para o subúrbio.

Todo aquele imaginário, entretanto, estava condenado a dissipar-se, destino que se cumpria, no mais tardar, quando Marçal adentrasse o apartamento 504 do Edifício Sabiá. Para além daquela porta, estava a vida verdadeira, e a mais concreta de todas as verdades era a mãe, a mãe por quem ele renunciara à bolsa de estudos em Munique, e só por ela é que suportava as lamúrias do Seu Rúdi, os maneirismos de Regina, as dissonâncias dos alunos.

Sentada numa cadeira junto à janela, Zaida Quintalusa parecia distrair-se com o movimento da rua; Marçal, contudo, não se deixava enganar: a doença girara-lhe os olhos para a parte de dentro da cabeça, de modo que, em vez de enxergar o mundo externo, ela captava apenas as imagens mostradas por aquele avesso misterioso. Médico algum havia explicado a enfermidade dessa maneira, mas Marçal considerava plausível a tese. Os olhos da mãe tinham virado cambalhota. O brilho que se via na fresta das suas pálpebras era igual ao de duas bolitas de gude, com função semelhante à dos brincos de pastilha que lhe pressionavam os lóbulos das orelhas. Que existência sem sentido aquela! À queima-roupa, a mãe apontava-lhe o dedo e perguntava se ele era o delegado de polícia, ou se era o rapazinho que viera consertar a válvula da privada, ou se era o marido da costureira. A vontade, depois de um dia pesado, mandava-o responder aos gritos: eu sou o prisioneiro, não me reconhece?, sou o prisioneiro de crime nenhum, e a senhora é a bola de ferro acorrentada ao meu calcanhar! Entretanto, Marçal esfregava a nuca e continha-se: estava cansado, era isso. Vinha para junto da mãe e beijava-lhe a testa.

Sim, essa era a sua vida. Opaca como o dourado daquelas letras enclausuradas na madeira: Steinway. E pensar que as mesmas letras, outrora, haviam sido tão reluzentes e promissoras. Com os olhos ainda presos à inscrição,

Marçal pôs-se a movimentar os dedos sobre o teclado do piano. De início, não saberia dizer que música era aquela, mas logo as notas cresceram dentro do quarto: *Pour Elise*. A mãe costumava desmanchar-se ao som daqueles arpejos tão singelos, e era corriqueiro que cantarolasse a melodia enquanto dava ponto nos seus doces. Sentindo os olhos incharem de uma ardência, Marçal afundou com ímpeto o pedal da direita, como se as notas, prolongadas na vibração, pudessem alcançar a cozinha da sua infância, pudessem chegar aos ouvidos daquela mãe de idade errada, a mãe que forçava as costas na beira do fogão e que talvez sentisse dor ou cansaço, mas o que se ouvia de sua boca era um contente lá-lá-lá. A ardência, agora, já se amontoava líquida na base dos olhos de Marçal, e ele se jogou àquelas teclas com uma paixão ainda maior, os ombros tornando-se mais largos, os cotovelos prestes a levantar voo. Até que, de repente, as notas misturaram-se ao som de pancadas no assoalho.

— Desgraçada! — murmurou Marçal, o piano já mudo.

Era Dona Ivone, a vizinha de baixo. Será que ela não tinha utilidade melhor para aquele cabo de vassoura? Transido de ódio, ele foi até a janela. Puxou a corda da persiana como se quisesse arrebentá-la e empurrou o batente na corrediça barulhenta.

— Dez horas da noite! São apenas dez horas da noite! — e as amígdalas quase lhe saltam da garganta.

Lá fora, o céu vergava-se numa cúpula de tonalidade índigo, beirando o violeta. A beleza daquela cor, contudo, não foi percebida por Marçal, e ele tampouco reparou que, na casa em frente, num ângulo escuro do avarandado, alguém feria os dedos contra o relevo crespo das paredes. O repentino escancarar da janela, a aspereza das palavras arremessadas na noite, nada disso foi suficiente para deter a carícia confusa que obstinava o tato de Giuseppina Palumbo. Mas, de um minuto para outro, os dedos da moça aquietaram-se. E ninguém senão ela viu a lágrima — vaga-lume suicida despencando na vertigem daqueles cinco andares.

5

OLHANDO DISTRAÍDA PELA basculante da sala de espera, Mafalda Palumbo estava entregue a uma mania toda sua: com o indicador e o polegar em forma de pinça, ela tentava capturar imaginárias impurezas na ponta da língua.

— *Brutti mascalzoni* — murmurava de quando em quando, e os médicos que passavam pela italiana apertavam o passo, lembrando-se de conferir, justo naquele momento, uma informação qualquer na prancheta do prontuário.

Todos naquele hospital estavam receosos de se aproximar da Senhora Mafalda. Não era para menos, depois do escarcéu que ela armara no dia anterior. Chegara ao ponto de estapear o médico encarregado, e os óculos do infeliz até se espatifaram contra o chão. Tudo por causa do sangue.

Quando isso aconteceu, já fazia alguns meses que os Palumbo haviam chegado ao Brasil. Desde então, nenhum sintoma de tarantismo assomara em Giuseppina. A menina, entretanto, andava fraca e desbotada; por coisa à toa, já precisava sentar-se. Foi Regina a arriscar o veredito de anemia.

A curiosidade da enfermeira urdira meios de pô-la em contato com os Palumbo. Nunca antes Dona Zaida precisara com tanta frequência de uns passinhos na calçada, sobretudo na calçada que ficava defronte à casa de reboco crespo. Com sorte, Regina avistava a Senhora Mafalda no jardim ou no avarandado, ocasiões em que não se furtava de puxar assunto. Comentava sobre o tempo, elogiava o cheirinho gostoso que vinha da cozinha, perguntava qual o segredo para manter assim brilhando os vidros das janelas. Tais comentários, invariavelmente, eram enfeitados com interjeições do tipo *mamma mia* e *dio santo*, não parando por aí a astúcia da enfermeira, pois até a gestualidade italiana ela tentava macaquear, unindo as pontas dos cinco dedos e sacudindo a mão. Com o passar do tempo, tornaram-se hábito aquelas conversas por cima do murinho, e Mafalda começou a angustiar-se, pois a anciã, embora de braço dado com a outra, permanecia o tempo todo em pé. Fazer a *povera vecchia* sentar-se sobre o reboco crespo do muro não seria adequado, e então a dona da casa, meio a contragosto, passou a convidar as duas para que entrassem: os bancos que o marido instalara à sombra da paineira não eram grande coisa em termos de conforto, mas ao menos dariam um descanso para as varizes da idosa.

Pois foi numa dessas tardes que Regina, sentada debaixo da paineira dos Palumbo, ouviu a Senhora Mafalda queixar-se de que a filha caçula andava tal e qual Pulcinella: pálida da cabeça aos pés, exceto pelas olheiras, que davam mesmo a ideia de uma máscara escura, igualzinha àquela usada pelo personagem napolitano.

Giuseppina, naquele momento, servia limonada às visitantes, e o líquido esbranquiçado que descia esguio pelo bico da jarra perdeu, de repente, toda a elegância, por pouco não errando a boca do copo. Indiferente, Mafalda não se deteve. Acrescentou que a menina, às vezes, parecia fraca como se, da beira do mar, tivesse sido levada às pressas para o cume de uma montanha. Exagero? Reparassem bem, que respirava curto como um cachorro recém-nascido.

Ouvindo aquilo, Regina assumiu ares de cientista. Já no primeiro contato, ela enchera a boca para apresentar-se à italiana como uma profissional da área médica. Com expressão austera — as sobrancelhas em diferentes alturas —, ela chamou Giuseppina para perto de si. Pediu que pusesse a língua de fora, repuxou o olho da jovem para baixo, conferiu-lhe as unhas. Em seguida, virou-se solene para a mãe da garota: anemia. Os exames laboratoriais viriam a confirmar o chute e, segundo os doutores, não havia como evitar uma transfusão urgente.

Não era de admirar. Isso porque o tarantismo manifestava-se em Giuseppina não apenas através dos surtos de agitação e luxúria, mas também por meio de um estranho sangramento, uma hemorragia semelhante a uma copiosa menstruação. Era como se a menina — cujo fluxo menstrual limitava-se a duas ou três gotas — estocasse dentro de si o sangue que deveria perder a cada mês, como se o guardasse para quando viessem as crises, ocasiões em que o derramava inteiro, uma torrente de densa vermelhidão. Compreensível, portanto, o estado de debilidade a que se reduzia o pobre corpo. E agora, mesmo que Giuseppina já não apresentasse aquelas perdas há quase um ano, sofria, evidentemente, os efeitos cumulativos de todas as hemorragias ocorridas nos anos anteriores.

Foi essa, ao menos, a explicação dada pelo médico brasileiro.

— *Va bene, va bene* — conformou-se Mafalda, depois de muito nariz torcido.

Mas ninguém lhe tirava da cabeça: a comida daquele país contribuíra para arruinar com a saúde da menina. Os tomates com gosto de papelão, o café moribundo, a massa que perdia a postura bastava a água aferventar... Pobre gente! Desconheciam a boa cozinha. Não espantava que fossem criaturas de aparência tão feia e malsã.

Na véspera do dia marcado para a transfusão, Mafalda Palumbo carregou o marido e as duas filhas mais velhas para o hospital. Sua intenção era provisionar um bom estoque de sangue italiano, e ai dos enfermeiros se misturassem as bolsinhas. Lá chegando, foi pega de surpresa: desculpassem, mas um novo regulamento havia sido baixado, de modo que agora, salvo em caso de urgência urgentíssima, os doadores tinham de ser cadastrados, o que pressupunha a submissão a uma bateria de exames clínicos, destinados a afastar hipóteses como tuberculose, impaludismo, cardiopatias. De início, Mafalda não percebeu a dimensão do entrave. Mandou que a recepcionista chamasse um médico e, após revirar o interior da carteira que trazia debaixo do braço, espalhou sobre o guichê uns papéis amarfanhados: os tais exames não seriam necessários, pois o doutor não estava vendo o que diziam os documentos? Ela, o marido e as filhas eram gente de boa saúde, gente nascida num país da Europa, onde não havia dessas sujeiras e desses mosquitos. Para o espanto da italiana, o homem retrucou que a nacionalidade do doador era questão irrelevante. Indignada, Mafalda mal deu atenção ao palavrório que se seguiu. Dentro dela, uma fúria incandescente começava a derreter-lhe a paciência. Seria mesmo possível que o tal moço tivesse diploma de médico? Com olhos de fogo, ela conferiu o crachá que mordia a lapela do jaleco. Pois sim. No entanto, parecia não haver alternativa: na manhã daquele mesmo dia, a menina chegara ao extremo de desmaiar.

Depois de somar e diminuir, pesar e sopesar, Mafalda inspirou forte, tão forte que as narinas colaram, o silvo silenciando a explicação do médico. E ela anunciou: embora se tratasse de uma exigência absurda, que fosse feito. A família iria submeter-se aos malditos exames.

— *Ma facciamo presto*, seu doutorzinho. Eu tenho um assoalho para encerar.

— Devo informá-la, porém, de que esses exames, face à escassez de médicos, não poderão ser realizados senão daqui a duas semanas. Antes disso, não será possível implementar o cadastramento de vocês como doadores. E o estado de sua filha, repito, não admite espera. — Vendo o pavor agigantar-se nos olhos da mulher, o médico ajuntou: — Mas a senhora fique sossegada. Nosso banco de sangue está bem abastecido.

A velha ainda tentou um ou outro argumento, e a cólera era tanta que lhe sumiram da boca, amedrontadas, todas as palavras em português. Percebendo-se incompreendida, agarrou a carteira com as duas mãos e botou-se a surrar o médico. Só quando os óculos dele já estavam em cacos pelo chão é que alguém teve a ideia de chamar os rapazes da segurança. Sob protestos de *maledetti, stupidi, imbecili,* os Palumbo foram conduzidos para fora do hospital.

E foi assim que se consumou a terrível falta de higiene. *Povera bambina*! A *mamma* ali, impotente, naquela sala de espera onde a limpeza era — por certo — só tapeação, e a menina lá dentro, recebendo nas veias o tal sangue brasileiro. Tudo por ignorância e má-vontade dos médicos. *Brutti mascalzoni,* não passavam disso.

6

ERA ATRAVÉS DE REGINA que Marçal inteirava-se sobre a vida dos Palumbo. Estranhamente, a conversa da enfermeira, nesses momentos, não lhe dava ganas de coçar-se até tirar sangue da pele, nem de morder os molares até fraturar a mandíbula. De fato, ali estava ele, e mal reconhecia a si mesmo: sentado à mesa da cozinha, deixava-se bombardear, sem maiores sofrimentos, por aquela verborreia. Parecia mesmo interessado em acompanhar o trajeto da colher pilotada por Regina, e até passava um guardanapo nos grumos de mingau que escorriam pelo queixo da mãe. Entretanto, era preciso admitir: o que o prendia àquela situação era apenas o desejo de conhecer a italianinha.

Desde a manhã em que o olhar dele enroscara-se ao dela, tinham sido várias as tentativas de aproximação, todas, porém, fracassadas. Às vezes, vendo da janela do seu quarto que a jovem varria o avarandado ou que juntava folhas secas caídas da paineira, Marçal descia de três em três os degraus que vinham lá do quinto andar. Não raro ia enfiando, de última hora, uma camisa melhorzinha, enquanto ensaiava, em pensamento, uma frase que soasse simpática. Contudo, ao alcançar a calçada, sentia os ombros encostarem no chão: a mocinha dos olhos sem luz desaparecera, engolida de novo por aquela casa de paredes pontiagudas. Se acontecia de ela estar ainda por ali, tinha agora a companhia da mãe, velha cuja carranca deixava clara a ordem de *afaste-se*. Mãos nos bolsos, Marçal ia até o orelhão da esquina e, sem ficha, discava números aleatórios, os olhos ocupados em espiar a movimentação em frente à casa de reboco crespo. Passado algum tempo, o fone era recolocado no gancho com uma fúria barulhenta. Matrona desgranida! Quando ela enfim tornava a entrar em casa, levava consigo a filha. Mas seria assim tão difícil trocar duas palavras com uma simples vizinha? Bufando, ele caminhava de volta para a portaria do prédio, fingindo não saber que Dona Ivone, debruçada à janela do quarto andar, acompanhava os seus passos um a um. E aos poucos, já subindo as escadas, dava-se conta do absurdo: tamanho interesse por uma garota de quem ele nada sabia, uma garota que bem poderia ser uma estulta ou uma apalermada, dessas que se maravilham com parques de diversões e que se comovem diante de bichos de pelúcia. No entanto, por absurdo que fosse, o interesse pela italianinha parecia crescer mais e mais dentro dele. Restava-lhe aquilo: tirar proveito da bisbilhotice de Regina, um traço que Marçal sempre abominara na enfermeira, mas que, agora, revelava-se útil.

 Para Regina, não havia detalhe supérfluo: qualquer ninharia era digna de nota. Enquanto despejava os seus relatórios intermináveis, ela pronunciava cada palavra em toda a sua inteireza, contorcendo a boca em curvas e bicos que traíam um prazer quase pornográfico. O assunto? Mero pretexto para dar vazão àquela ânsia extraordinária por comunicar-se. Marçal, porém, não estava disposto a aturar demasiadas digressões:

— Curioso. Mas o que você dizia antes? A caçula, então, é a mais tímida das três filhas?

Empolgada com aquela audiência bastante incomum, Regina já ia longe, descrevendo os vidros de conserva que a Senhora Mafalda perfilava sobre a prateleira da despensa, todos com touquinha de pano floreado, mas um floreado bem miúdo, pequenas margaridas, rosas em botão, tulipas de três pétalas — e a correnteza de pormenores teria se espichado ao infinito, não tivesse havido a interrupção de Marçal. Pega desprevenida, ela o fitou com olhos que piscavam além do necessário, a colher cheia de mingau estacionando em pleno voo. Entretanto, foi o zum de um segundo, não mais.

— Tímida? Tímida é apelido, Marçal. — E a colher retomou, animadamente, o seu curso. — Aquela ali, de tão retraída, nunca me disse patavina. Não sei sequer que voz tem. Francesca e Simona são também acanhadas, mas pelo menos cumprimentam, perguntam pela saúde de Dona Zaida, chegam até, de vez em quando, a sorrir. Giuseppina é diferente.

— Diferente como?

Regina contraiu o rosto.

— Não é, sabe o que é? Sol em virgem e lua em gêmeos. O zodíaco foi carrasco com a pobre da menina. Fiz o mapa astral dela e está tudo ali, preto no branco. Quer dar uma olhada?

— Depois. Fale mais sobre essa moça, sobre o que ela faz durante o dia.

— O que Giuseppina faz durante o dia? — E a enfermeira, antes de responder, tropeçou num instante de mudez. — Bem, Marçal, o que posso dizer sobre essa moça é que ela é uma máquina de limpeza.

— Como?

— É o que eu lhe digo, Marçal. Passa os dias limpando tudo o que vê pela frente. E dê-lhe esfregar isso e aquilo, e dê-lhe saponáceo e água sanitária, e dê-lhe desentupir ralos, arear panelas, bater colchões. Ninguém é capaz de enxergar uma sujeira que Giuseppina já não tenha visto.

— Mesmo?

— Por Deus. Mas pudera: a garota teve a quem puxar.

— Você se refere à Senhora Mafalda?

Com euforia galopante, Regina contou que Mafalda Palumbo, em matéria de higiene, considerava-se uma autoridade, e nisso não havia presunção. De fato, a mulher parecia dotada de um sexto sentido, pois não havia cisco que lhe escapasse. Orgulhosa dessa sua virtude, cuidara de transmiti-la às filhas. Cada uma das três era responsável por serviços cuja execução vinha fiscalizada de perto, com olho de ameaça. Pobres das meninas se o rejunte dos azulejos não estivesse branquinho, ou se os vidros das janelas mostrassem algo mais que o lado de fora, ou se o dedo deixasse desenho sobre os móveis. Para dar o devido exemplo, a própria Mafalda não conhecia descanso quando se tratava de deixar a casa limpa. Esquecendo a idade que tinha, ela punha ódio no esfregão, na vassoura e na flanela. E, de todas as sujeiras, a mais abominável era aquela que se agarrava nos cantos do teto: as teias de aranha. Coisa nojenta. Pouca gente sabia, mas aqueles fios pegajosos nada mais eram do que o cuspe do bicho. Diante da surpresa da enfermeira, Mafalda entusiasmara-se: isso mesmo, a aranha usava da própria saliva para tecer a sua imundice. E lá se ia a velha para o último degrau de uma escada de abrir, a fim de que o pano embebido em creolina deslizasse ao longo de todo o roda-forro, onde não se via um fiapo sequer, mas era melhor prevenir do que remediar. Depois de tanta lida, os tornozelos da Senhora Mafalda apresentavam um diâmetro paquidérmico, e ela não tinha escolha senão sentar-se, toda reclamona, para apoiar os pés sobre um mocho, revezando-os em pato e bailarina, como lhe ensinara uma comadre em Leuca.

Era uma mulher laboriosa, sem dúvida alguma. Para Mafalda Palumbo, a higiene erigia-se em bem maior, e nenhum esforço seria excessivo para garanti-la. Isso valia não apenas para os domínios da casa, como também — e talvez até mais — para os do corpo. Usando uma profusão de toalhinhas, a italiana lavava-se várias vezes ao dia, e os pontos mais teimosos mereciam o atrito de uma pedra-pomes. O mesmo asseio fora ensinado às filhas, e dera resultado. Francesca e Simona haviam saído duas moças muito limpas, não havendo o que delas se dizer, exceto que eram ofuscadas, no quesito, pela irmã temporona. Porque Giuseppina, essa compreendia a fundo a importância de se remover uma sujeira. Mais encrostada fosse a porcaria, maior o prazer de arrancá-la, a qualquer custo. Ah, a menina dava gosto! Em criança, chegava a quebrar a ponta das unhas de tanto que esfregava e polia e raspava. Aqueles dedinhos de nada cresceram grossos e duros, em contraste com o todo de Giuseppina, que se manteve franzino apesar da faina diária.

Era mesmo estranho. A vida inteira, a caçula botara-se com vontade nas mais diversas tarefas, e muitas delas pediam força de homem. Ainda assim, o seu físico cismara em conservar aquele porte mirrado, os ossos logo abaixo da pele, as articulações expostas em toda a sua mecânica. Dava até vergonha: como se a família não tivesse mesa farta. Menos mal que as duas mais velhas, bem taludas e coradas, desmanchavam a suspeita.

A essa altura do relatório, Regina baixou a voz. Dona Zaida parecia compenetrada em não se engasgar com o mingau, mas sabe lá: podia que a velha estivesse de orelha em pé.

— E você já reparou nos peitos da coitadinha?

Marçal mexeu-se desconfortável no banco. Pelo visto, estava dando confiança demais para a enfermeira.

— Vi essa moça umas poucas vezes.

— Pois, da próxima vez, observe com atenção. Mal e mal afloram na blusa.

Subindo e descendo as sobrancelhas, Regina contou que, até os dezessete anos de idade, os hormônios da adolescência tinham passado pelo corpo de Giuseppina como fossem água. Cheiro debaixo do braço, espinhas no rosto, pelos aqui e ali, nenhuma dessas manifestações assomava na garota. Das regras, então, nem sombra.

Cada vez mais constrangido, Marçal interrompeu:

— Eu tinha a Senhora Mafalda como uma mulher sisuda e reservada. Nunca imaginei que, nas conversas de vocês, ela mencionasse intimidades desse tipo.

— Não é, sabe o que é? — Era tamanha a empolgação de Regina que ela raspava o prato já vazio, encaminhando para os lábios da idosa uma colherada de ar. — Quando a menina precisou fazer a transfusão, a Senhora Mafalda ficou meio abilolada. Como profissional da área médica, eu me coloquei à disposição para ajudar no que fosse preciso, e a velha agarrou simpatia por mim. No nervoso da situação, contou-me coisas de que talvez se arrependa.

Algo dentro de Marçal gritava-lhe que desaparecesse daquela cozinha. Detestava as fofocalhadas de Regina. O jeito como ela eviscerava a vida dos outros fazia-o pensar num açougue de carne humana, e podia vê-la como um magarefe, revirando entranhas, cavoucando interiores, transformando tudo em bife, salsicha e guisado. E o mais monstruoso era o apetite no rosto dela, animando-lhe as sobrancelhas àquele ponto, esgarçando os seus lábios em movimentos de kama sutra. Uma louca. Entretanto, Marçal não conseguia levantar-se dali: tinha fome de saber da moça.

— Que coisas? — perguntou.

Seguiu-se um desmoronamento de informações, quase todas desnecessárias, mas algumas interessantes. Marçal ficou sabendo, por exemplo, que Mafalda Palumbo não dera maior importância àquela puberdade amordaçada: mais dia, menos dia, Giuseppina viraria mulher. De resto, para que a pressa? O sangue a cada lua era um incômodo horroroso, sem falar que representava um verdadeiro desafio para as moças e senhoras que prezavam a higiene. Os peitos, por sua vez, só faziam doer, e não havia como negar que atrapalhavam um bocado na execução de certos trabalhos. Se algo devesse ser preguiçoso em Giuseppina, que fosse o tal relógio das transformações. E assim o tempo foi passando, mês depois de mês, ano depois de ano.

Até que, num agosto, desfizera-se o encanto.

— Como assim? — indagou Marçal.

Segundo Regina, a Senhora Mafalda dissera aquilo e, logo após, afundara num silêncio de catacumba, os olhos espichando-se tão longe que era como se o casario do bairro, num passe de mágica, houvesse se tornado transparente. Roxa de curiosa, a enfermeira tentara de tudo — pigarro, tosse, fungadela —, mas a velha parecia transportada para um outro lugar. Seria indelicado cutucá-la com perguntas? A suposição passou ligeira pela cabeça de Regina, de modo que lá estava a italiana, às voltas com questionamentos que, porém, ficavam soltos no ar, sem resposta alguma. Transcorreram minutos torturantes, minutos de quietude e imobilismo. Enfim, Mafalda pôs-se a mover a cabeça bem devagar, quase com sofrimento, e Regina chegou mesmo a cogitar de um torcicolo, pois demorou uma vida inteira até que a velha conseguisse realinhar os olhos com os da sua interlocutora.

— Pensei comigo, Marçal: agora essa italiana desembucha. Mas você acha que ela desembuchou? Uma ova!

De fato, que decepção. Em vez de finalmente esclarecer o que acontecera no tal mês de agosto, em vez de explicar de que forma se desfizera o encanto, a Senhora Mafalda disse apenas que a *povera vecchia* devia estar cansada, e apontou o queixo na direção de Dona Zaida.

— Cansada coisa nenhuma, Marçal. A vovozinha estava faceira que só ela, de trunfa nova na cabeça, curtindo a sombra gostosa daquela árvore. Estou mentindo, vovozinha? — E o rosto de Regina ficou a isso-aqui do nariz de Dona Zaida.

Debaixo da mesa, o punho de Marçal fechou-se com força, as unhas cravando na palma da mão. Vovozinha! De todas as afetações de Regina, aquela era a que mais o enfurecia. Inútil dizer a si mesmo que a criatura, no seu abrutalhamento de espírito, agia de boa-fé, usando a palavra apenas para designar uma senhora idosa, sem dar-se conta — a mentecapta — de estar agulhando uma ferida. Ademais, Regina tinha aquela mania irritante de atribuir à sua paciente humores improváveis: por que cargas d'água a pobre Zaida, no momento em questão, estaria faceira? E tudo por obra — quem diria? — de uma trunfa nova a arrematar-lhe a cabeça, ou por causa de um broche diferente a enfeitar aquele ponto no alto da testa, onde o tecido confluía. Ora, que desrespeito! Lacerava-lhe os nervos que a mãe fosse reduzida a tais termos. Queria agarrar Regina pela orelha e gritar, lá dentro, que era mentira, que a mãe não fazia a menor ideia acerca da cor do turbante que lhe abafava os cabelos, tampouco fazia diferença que fosse um camafeu ou uma joaninha a dar o acabamento no topo da testa. E no entanto, Regina, ainda assim, Regina, ela continuaria usando as ridículas trunfas, só porque as usara desde sempre, e a Marçal dava algum conforto olhar para a mãe e ter a impressão, mesmo fugidia, de reconhecê-la.

Enquanto a mulher seguia matraqueando à sua frente, ele inspirou fundo e, aos poucos, afrouxou o punho. Conferiu debaixo da mesa e notou que o aperto das unhas imprimira, na palma da sua mão, marcas de meia-lua. Sem pensar duas vezes, escondeu aquilo no contato com o jeans das calças. Deus nos livre que a maluca visse as marcas, porque bem ali, debaixo delas, corriam as linhas da vida, do amor e do escambau, e as consequências, ah, as consequências seriam desastrosas, ou então magníficas. O certo é que a enfermeira arregalaria aqueles olhos de sobrancelhas sobe-e-desce, os lábios dariam início à ginástica obscena, e Marçal sentiria vontade de morrer.

Alheia, ela prosseguia:

— Se Dona Zaida estivesse mesmo cansada, eu seria a primeira a saber. Então não conheço a minha paciente? O que a italiana queria era desconversar. Eu respeitei, que não sou de meter bedelho onde não sou chamada. Mas uma coisa eu digo, Marçal: nesse mato, tem cachorro.

Levantando-se, Regina levou o prato e a colher até a pia. A sequência da falação veio misturada ao som da água da torneira.

— Você não acha?

E ela expôs a sua suspeita: algo de grave acontecera a Giuseppina Palumbo no tal mês de agosto. Do contrário, por que a Senhora Mafalda teria feito uma cara tão fúnebre? A menarca da menina ou o aparecimento de outros sintomas da puberdade não justificavam tamanha desfiguração no rosto da velha, e dava até arrepio, pois era como se ela, de uma hora para outra, tivesse se deitado num caixão — por Deus: era só ajeitar uns crisântemos ao redor da cabeça. Além disso, ficara evidente que a conversa, a partir dali, tomaria um rumo indesejável, visto que a Senhora Mafalda não demorou a pôr-se em pé, os olhos fixos no relógio: precisava montar a lasanha; em breve, Girolamo estaria de volta da fábrica.

— Para bom entendedor, meia palavra está de bom tamanho. Agradeci a limonada e pedi que, qualquer hora dessas, ela me dê a receita da lasanha.

— E você soube de algo mais? — indagou Marçal, a voz pendurada na esperança.

— Sobre esse mistério da Giuseppina, nada. Mas vou lhe dizer uma coisa, Marçal: as histórias vêm atrás de mim, como se eu tivesse ímã. Outro dia, por exemplo, fiquei sabendo de umas curiosidades a respeito do velho.

Teve início um discurso sobre o quanto o velho Girolamo ficara jururu depois que o mar recuara para tão longe dele. Passava os dias trancafiado naquela fábrica de maçanetas e voltava para casa sujo de graxa, o preto em suas mãos trazendo-lhe a lembrança da tinta dos polvos. Marçal coçou a nuca: sim, sim, muito interessante. Na primeira deixa, porém, não hesitou em ceifar o entusiasmo de Regina:

— Preciso repassar uma partitura. Se alguém telefonar, Regina, você diga que eu não estou. — E, sem mais, escapuliu para o quarto, com passos que, cada um, valia por dois.

Desnorteada ante o sumiço repentino do seu ouvinte, Regina nem percebeu, mas usou a esponja cheia de detergente para limpar os lábios de Dona Zaida. E a torneira da pia, mal fechada, ficou pingando a frustração das palavras não ditas.

7

Em breve, Marçal saberia mais sobre aquele agosto a que se referira a Senhora Mafalda. Chegava o verão — o primeiro verão austral dos Palumbo —, e seria num sábado de calor forte que Giuseppina, com uma peça de roupa íntima enfiada na cabeça, mostraria ao bairro a moça que divisara, nas funduras do Mediterrâneo, o limite entre o Jônico e o Adriático.

No sábado em questão, nada prenunciava o que estava por acontecer. Como de hábito, Giuseppina amanhecera abastecida de farta disposição para levar a termo as suas tarefas de limpeza, o que vinha bem a propósito, pois urgia esvaziar os roupeiros e esfregar vinagre de álcool em toda a parte interna, assim garantindo o apagar-se de todo e qualquer odor. Também já não era sem tempo passar um saponáceo nos interruptores de luz, onde o dedo deixava impresso o carimbo da sujidade, ainda que invisível. Por fim, que o dia não acabasse sem que as lâmpadas da casa inteira fossem, uma a uma, mergulhadas em solução de citronela, medida que era um santo remédio contra a ciranda de insetos em torno à claridade.

Quando Giuseppina deu por concluídos tais afazeres e mais aqueles que lhe eram rotineiros, já começava a cair a tarde. Pendurou o avental no gancho da cozinha, e — que se saiba — nada lhe aconteceu de extraordinário, nada que justificasse ela ir até a sala, parar em frente à mãe e dizer algo tão inesperado. No entanto, eis que, no instante seguinte, ali estava ela, dizendo que gostaria de caminhar até o terreno baldio situado no fim da quadra, explicando que um cheiro de flores bonitas vinha daquela direção, sugerindo que talvez não fosse má ideia colher algumas e colocá-las numa jarra para que enfeitassem o centro da mesa.

Mafalda, naquele momento, achava-se sentada no sofá, cerzindo as meias do marido. Ao ouvir aquelas palavras, chegou a atrapalhar-se, o ovo de madeira escapando de suas mãos e indo chocar-se contra o piso encerado há pouco.

— *Cosa?* — perguntou a velha, e a sua testa era um espremido de linhas fundas, uma se acavalando sobre a outra, o que tornava ainda mais curto o espaço entre o sobrolho e a raiz muito preta dos cabelos.

Como para proteger-se de um frio imprevisto, a menina cruzou os braços de um jeito apertado, as mãos sumidas nas axilas, e só depois é que repetiu o recém-dito.

Instalou-se, a seguir, um silêncio em que nada respirava.

Mafalda não podia acreditar no que acabara de ouvir. Nunca Giuseppina saía de casa sozinha. Nas raras vezes em que transpunha o murinho de reboco crespo, ia acompanhada da mãe ou das irmãs, sendo que a finalidade de tais passeios era sempre algo como comprar leite no armazém. Colher flores? Ninguém ali estava precisando de flores, menos ainda daquelas porventura nascidas no terreno baldio, onde os carroceiros dos arredores costumavam despejar todo tipo de lixo, desde papel higiênico usado e comida podre até cacos de vidro e latas enferrujadas. Não bastasse, Mafalda ouvira dizer que o lugar era palco para as oferendas que os negros — *poveri ignoranti!* — faziam aos seus deuses: um amontoado de milho, farinha e aguardente de cana, tudo à volta de uma galinha preta que bem podia estar à mesa daquela gente desnutrida, mas quem se esbaldava era o mosquedo. Só de imaginar, dava ânsia. E, embora os jornais não tivessem escrito uma linha sequer, até um cadáver fora encontrado em meio àquilo tudo, não fazia muito tempo, garganta cortada de fora a fora. Uma coisa era garantida: daquele descampado não podia provir nenhum cheiro bom. Ademais, Giuseppina sabia muito bem que não prestava ter plantas dentro de casa: era só para juntar bicho. Então, que ideia tola era aquela?

Como se pudesse ter acesso aos pensamentos da mãe, a menina baixou a cabeça:

— *Hai ragione, mamma.*

— *Meglio così* — retrucou Mafalda. Após um suspiro de fastio, devolveu a atenção à cerzidura.

Não demorou a perceber, porém, que a filha continuava parada à sua frente. Parecia esquecer que, por exemplo, era preciso arredar a geladeira, coisa que não se fazia há quase uma semana, e nem era bom pensar na sujeirada que se amontoava lá atrás.

— *Non è vero, Giuseppina?* — arrematou.
Tais palavras puseram no rosto da moça uma expressão quase feliz. Garantindo que cuidaria do assunto agorinha mesmo, ela pediu licença e deu as costas à mãe. Suas pernas, contudo, não obedeciam, e Mafalda, que se abaixara para apanhar do chão o ovo de madeira, viu de perto a meia-volta daqueles dois pezinhos pequenos: cento e oitenta graus fatiados em mil hesitações.
— *Ma che cosa vuoi adesso?* — indagou a velha, a impaciência já lhe enrijecendo as laterais do nariz.
Giuseppina tomou fôlego para a resposta. Só que aquele oxigênio todo, tão carregado de intenções, pareceu entalar na estreitura do seu peito, e não havia saída senão tossir, a bem de dar alívio à sufocação. Desconcertada, a garota repetiu a tentativa. A agulha e a linha já se exasperavam nos dedos de Mafalda quando Giuseppina, após sucessivos ataques de tosse, conseguiu, enfim, que o ar lhe saísse da boca com o feitio de palavras:
— Mesmo assim, mamãe, eu queria caminhar até o terreno baldio. Sinto um perfume tão doce! Talvez sejam flores diferentes, flores que não temos na Puglia.
Mafalda mal esperou que a filha acabasse de falar. De tão áspera, a sua voz raspava:
— *Giuseppina! Stai parlando in portoghese! Ma si può sapere perchè?*
Àquela pergunta, Giuseppina empalideceu, e era como se toda a culpa do mundo houvesse encontrado abrigo na escuridão dos seus olhos. A mãe não admitia que se falasse português dentro de casa. Na medida do possível — ela já o dissera vezes sem conta —, o lar da

família Palumbo haveria de manter-se como uma pequena Itália. E por que não? A Itália era uma península que se esticava da Europa; a Puglia, que desenhava no mar o salto da bota, era uma península dentro de outra; então, bem podiam imaginar que a casa onde agora viviam fosse uma terceira península, a mais corajosa de todas, porque se espichara ao longo de um vasto oceano.

Ante o silêncio da filha, Mafalda insistiu na pergunta, a voz ainda mais severa:

— *Perchè, Giuseppina? Perchè hai parlato in portoghese?*

Acuada, a menina deixou sair um laivo de voz:

— Foi sem querer, mamãe. — E apressou-se em morder os lábios, pois acabava de reincidir na desobediência.

Pronta a dar um basta naquilo, Mafalda Palumbo empertigou-se no sofá. Um belo de um castigo, era disso que a caçula estava precisando, e não lhe faria mal lavar a boca com aquele sabão cor-de-rosa, aquele que Girolamo usava para tirar a graxa das mãos.

A explosão, porém, ficou para depois: que diabos a menina estava fazendo?

Cautelosa, a velha deteve-se a observar. Dando a ver os joelhos pele-e-osso, Giuseppina acabara de levantar a ponta da saia e agora experimentava, entre os dedos, a textura do tecido, deslizando-o com força sobre si mesmo, lado avesso contra o direito, e era tamanho o ruído provocado pela fricção que a chita parecia prestes a esfarelar. De improviso, largou a barra da saia e atracou-se num dos botões da blusa, manipulando-o com a gana de quem precisasse, a qualquer custo, dar-lhe um outro formato. Tanto girou e torceu que o botão já começava a descosturar, até que a menina, deixando-o pendurado por um único fiapo, pôs-se a tatear o quadril com uma mão aflita. Foi com essa mão que ela encontrou, sob o pano da saia, o elástico da calcinha. Como se lhe desse incômodo, pinçou-o, não só uma vez, mas duas, três, quatro, e ouviam-se os tapas do lastex sobre a pele.

Lentamente, sem tirar os olhos de cima da filha, Mafalda pousou a meia e o ovo sobre o cesto das costuras. Já vira aquilo outras vezes. A repetição de movimentos miúdos, teimosos, a aparente falta de propósito em gestos tão cheios de afinco. Para uma pessoa qualquer, nada que despertasse uma atenção especial, e, na verdade, podia ser que Mafalda estivesse enganada. Sim, vai ver estava enganada, pois São Paulo era bom e poderoso, e tanto tempo já se passara desde a última vez. Mas, reparando bem, havia também o olhar. De fato, o olhar parecia ser aquele: um sutil desacerto entre um olho e outro, como se cada um deles, embora enxergando uma mesma coisa, conseguisse vê-la sob um ângulo diferente. Seria mera impressão? Mafalda engoliu uma saliva ruidosa. A casa abandonada, o oceano que não acabava mais, o porão imundo do navio, tudo aquilo tinha sido a troco de coisa nenhuma? Não, não podia ser. O grandioso São Paulo não permitiria. Além disso, o sonho que visitara Mafalda naquela noite, um dia antes de tomarem o vapor, figurara-se mais claro impossível: debaixo da sandália do santo, a tarântula morrera esmigalhada. A suspeita, portanto, era um total sem-cabimento. A menina havia de estar indisposta, apenas isso, e um chazinho de camomila bastaria para devolver as suas ideias aos devidos lugares.

O atropelo dos acontecimentos, porém, faria essa esperança esboroar como um torrão de areia. Rente ao chão, a desgraça já começava a insinuar-se, pois eis que Giuseppina erguia e abaixava a ponta do pé direito, como a marcar o ritmo da tarantela. Ao ver aquilo, Mafalda enregelou por dentro, e logo um tremor roubou-lhe o domínio de si mesma. Olhou para o canto da sala, onde ficava o oratório com a estatueta de São Paulo, mas o veneno da tarântula era rápido, mais até que a providência do santo. Por certo que a maldosa substância já ardia no cérebro da menina, tanto que ela agora levantava o pé a uma boa altura para, em seguida, pisar o chão com estrondo, revelando o desejo desesperado de matar o bicho, de pôr um termo a todo aquele sofrimento. Ah, mas que ilusão! Quem dera o desejo da filha prevalecesse ao daquela aranha perversa! Por mais forte que Giuseppina fosse para descer a enxada na terra ou para levar nas costas uma pipa de vinho, a pobrezinha nada podia contra a força da tarântula, força que devastava toda a sua pureza de criança, sujando-a com um comportamento que não era o seu. Tinha sido assim desde o início, desde aquela triste manhã de agosto em que ela saíra a correr desgovernada pela praia, rindo de boca inteira feito mulher vulgar, pouco lhe importando que o vestido, no desabalo, tivesse subido até a cintura. Quanta vergonha! Os gemidos, o serpenteado dos quadris, as mãos que deslizavam sôfregas pelo corpo, o ar que, mais e mais, impregnava-se daquele cheiro de cio. Só com vários dias de tarantela é que a infeliz voltaria a si, e o mesmo calvário seria exigido no futuro, pois as crises se repetiriam, quase todas coincidindo com a chegada do verão. Como agora. Tudo igual. Tudo pavorosamente igual.

Recobrando um pouco de si, Mafalda Palumbo levantou-se do sofá, os joelhos ainda bambos. Algo precisava ser feito. A filha acabara de jogar-se no chão e, cumprindo o ritual, assumia os modos da tarântula: barriga para cima, arqueava as costas como fosse invertebrada, o peso do corpo sustentado nas mãos e nos pés. Com uma agilidade espantosa, empreendia um monstruoso caminhar, e a direção em que se deslocava, como sempre, não deixava dúvida: a dianteira do bicho equivalia ao púbis da menina, e quem sabe a reentrância da genitália representasse a boca, uma boca que, sedenta por picar, babava peçonha.

Decidida, Mafalda chamou pelas filhas mais velhas, e as duas não tardaram a surgir na sala, assustadas com a aflição nos berros da mãe. Sem dar-lhes tempo para mãos na cabeça e queixo caído, Mafalda ordenou:

— *Andate a prendere la statua di San Paolo e la bottiglieta di acqua miracolosa. Subito!*

No seu transe, Giuseppina pareceu compreender o que se engendrava. Como um gato que pressente a ameaça, vergou ainda mais a espinha — o umbigo lá em cima, transformado em olho que tudo espiava. E um uivo estridente saiu de dentro dela, tão doído que Mafalda, apressada, levou a mão ao peito, segurando o coração para que não saltasse. Mas bastou que Francesca e Simona voltassem, trazendo a imagem do santo e a garrafinha com a água do poço, para aquele fio de voz encorpar, convertendo-se num ronco de besta-fera.

Antes que Mafalda concluísse o sinal da cruz, a menina já desmanchara o arco do corpo e, agora, achava-se assustadoramente em pé. Parecia crescida. Tinha o rosto inflamado de vermelho e a testa cortada em diagonal pelo relevo de uma veia grossa. Com um passo desafiador, aproximou-se da mãe.

— *Mamma, stai attenta!* — gritou Francesca. — *Sembra voler farti del male!*

Mafalda, contudo, não se deixou intimidar. Apanhando a garrafinha que a primogênita segurava, verteu um tanto do líquido na palma da mão, fechou o punho de um jeito frouxo e, improvisando um aspersório, soqueou o ar na direção de Giuseppina, respingando nela não apenas aquela água vinda de tão longe, mas também toda a sua coragem de mãe. E conjurou a ladainha tantas vezes repetida, a ladainha que ela imaginara nunca mais ter de invocar:

— *Ti ha pizzicata, ti ha morsicata, la tarantola avvelenata. San Paolo mio, San Paolo buono, dai sollievo a questa povera tarantata.*

Havia ocasiões em que o simples contato com as gotas d'água fazia Giuseppina encolher-se toda, feito uma lesma que, ao toque, recua ligeira para dentro da concha. Noutras vezes, o milagre operava mais discreto, limitando-se a um retesar do corpo ou a um borboleteio nas pálpebras. Mas nunca — e a memória de Mafalda não falhava —, nunca a água do poço pousara assim inócua sobre a pele da menina. Indiferente aos respingos, Giuseppina continuava a mostrar aquele sorriso inquietante, um sorriso em que os protagonistas eram os dentes inferiores, o que fazia pensar numa felicidade virada de cabeça para baixo. Com mão decidida, a garota recomeçou a puxar a lateral da calcinha, cada vez exigindo mais do elástico, cada vez mais, até que a borracha, desistindo de chicotear a pele, rebentou. De imediato, o rosto de Giuseppina iluminou-se. Balançou as pernas de um jeito eufórico, e logo a peça de algodão descera-lhe até os tornozelos.

A seguir, tudo aconteceu com a rapidez de um relâmpago. Perplexa, Mafalda viu a filha arrancar dos pés a calcinha e, um segundo depois, aquela intimidade estava enfiada no topo da sua cabeça, como fosse um bonito adereço. Embora a porta da rua estivesse logo ali, Giuseppina preferiu saltar a janela, e foi através dessa janela que a mãe acompanhou os seus saracoteios pela calçada, os risos de meretriz, os rodopios, a esfregação no tronco das árvores.

Antes, porém, Mafalda Palumbo fechou energicamente a vidraça. Quem dera pudesse, com aquela guilhotina, cortar o laço que a unia a tanta vergonha.

8

QUANDO O ÚLTIMO ALUNO do dia faltava, Marçal ia embora mais cedo do conservatório, ocasiões em que se permitia uma passadinha rápida no bar do Macedo. Nada como uma bebida forte para dissolver os ecos daquelas notas musicais tão vazias, notas que soavam como crimes, e a obrigação de Marçal seria denunciar, chamar a polícia, exigir pena de morte, mas ele ficava quieto, conivente com tamanha atrocidade. Por outro lado, era preciso dissipar da mente a voz do Seu Rúdi, musiquinha tediosa que variava numa conhecida escala de queixumes, desde as mensalidades pagas com atraso, as flautas que cheiravam mal, os violinos de cordas rebentadas, até os achaques que lhe importunavam a saúde — o fígado devagar-quase-parando, a náusea, o amarelão.

Naquele entardecer, depois de ouvir tantos desafinos, Marçal não via a hora de empinar um conhaque. Entrou no recinto sombrio que recendia à fritura e correu os olhos pelas mesas, conferindo a presença dos tipos de sempre: alguns companheiros de infância que hoje fingiam não conhecê-lo — como se o centroavante tivesse morrido ao tornar-se pianista —, alguns aposentados que as esposas não queriam em casa, alguns solitários que olhavam insistentes para o copo. Sem cumprimentar ninguém, acomodou-se numa das banquetas junto ao balcão.

— Um conhaque.

— Nacional ou importado? — retrucou o Macedo.

Marçal nunca deixava de maravilhar-se com o domínio que o homem tinha sobre aquele palito de fósforo, o tempo inteiro enfiado no canto da sua boca. Podia falar o que quisesse, podia até bocejar ou espirrar, sem jamais perder o controle sobre o palito.

— Um dos nossos — respondeu Marçal, mas antes fingiu um momento de hesitação, como se não soubesse que, na prateleira daquela espelunca, não figurava nenhuma garrafa de rótulo estrangeiro.

Enquanto o Macedo vertia o destilado num copo de transparência sebenta, Marçal não demorou a perceber: a fórmica verde-água do balcão experimentava, logo adiante, o contato de cotovelos que nunca antes haviam se apoiado ali. Espichando o pescoço, ele teve a certeza: a última banqueta, aquela que vizinhava com os azulejos da parede, estava ocupada pelo italiano da casa de reboco crespo. Diante dele, uma aguardente e um pratinho com azeitonas; na expressão murcha do seu rosto, a possível confirmação das fofocas de Regina.

Desde o fim de semana, a verborragia da enfermeira esguichava com força total. O episódio da italianinha disseminara pelo bairro um alvoroço e tanto, mas nada comparável à excitação que se apoderara de Regina, dando à sua língua um combustível sem fim. Dentre mil outros comentários, ela garantia: os requebros de Giuseppina pela calçada haviam sido um golpe para a família toda, mas quem estava mesmo em petição de miséria era o velho Girolamo. Na fábrica de maçanetas, o coitado já levara pito do supervisor, pois, continuasse assim distraído, a máquina acabaria por decepar-lhe um dedo. Em casa, dera para arrastar os pés de uma maneira que as chinelas pareciam feitas de cimento, o que contorcia os nervos da esposa; mas ela também se irritava se ele ficasse aboletado no sofá, com aquela cara de não-tem-mais-jeito, como se não houvesse, ali à volta, o que consertar, nem que fosse uma simples panela de cabo frouxo. Inútil, porém, que Mafalda se entortasse em reclamações: Girolamo Palumbo parecia mergulhado na surdez do mar, lá onde os polvos fazem suas tocas.

Percebendo o interesse do recém-chegado no ocupante da banqueta junto à parede, o Macedo aproximou-se, o palito a um palmo do nariz de Marçal:

— É o italiano da casa de reboco crespo. Primeira vez que entra aqui. Queria grapa, mas parece ter se dado bem com a cachaça. Já é o terceiro martelinho que eu boto na frente dele.

— Coitado do homem. Parece um trapo.

— E você queria o quê? A mulher é uma bruxa, e a filha mais nova, viu-se agora, é doida de pedra.

Fosse porque o hálito do Macedo era de tontear, fosse porque o palito, àquela distância, parecia ameaçador, Marçal recuou. Onde era mesmo o banheiro? Com o minguinho tirado do ouvido, o outro indicou a direção.

E foi ao passar pelo italiano que Marçal viu a chave caída no chão.

— Desculpe. É sua?

Girolamo virou-se assustado. Os olhinhos miúdos, que lembravam duas vírgulas, apequenaram-se ainda mais ao darem com a chave que o desconhecido segurava. Fez um gesto de quem ia apanhá-la, só que a mão, a meio-caminho, recusou-se. E foi então que aconteceu: sem mais nem menos, o homem soltou-se a chorar, o rosto todo amarrotado numa careta medonha, o corpo sacudindo-se feito britadeira.

Pego de surpresa, Marçal desviou a atenção para as azeitonas do pratinho. Pelo visto, o velho já estava no trago. Bela enrascada. Mas por que fora juntar do chão a maldita chave?

Sem que ninguém pedisse, o Macedo veio com a garrafa e completou a branquinha no copo do infeliz. Depois, com o palito a mover-se na cadência do tédio, ele aguardou. O italiano, contudo, em vez de emborcar a bebida, continuava a desmanchar-se todo, as lágrimas embrenhando-se na barba por fazer, o que levou o dono do local a arrolhar o gargalo, dando por esgotados os seus recursos: dali para frente, Marçal que se ocupasse da criatura, e, trocando com o pianista um olhar que deixava isso claro, afastou-se para dar atenção ao restante da freguesia.

Sentindo-se pressionado, Marçal pôs no ombro do velho uma mão sem vontade. Não gostava nem um pouco desse tipo de situação, mas fazer o quê? Seria desumano dar as costas a um sofrer tão doído.

— Escute — pediu ele, sem jeito. — Quem sabe lhe faça bem sair um pouco? O ar aqui dentro não ajuda.

Puxando do bolso um lenço azul-claro, o italiano assoou-se, e o fez com tamanho estardalhaço que parecia determinado a transferir-se inteiro para dentro da trama do tecido. Findo o serviço, embolou o lenço de forma meticulosa, quase como se houvesse uma técnica por trás de cada uma das amassaduras, e perdeu-se a fitar, imóvel, a bola de pano.

Marçal compreendeu que precisava usar de um tom mais firme:

— Venha, eu o acompanho. Um pouco de ar puro e o senhor estará novo em folha. — Dizendo isso, colocou um dinheiro sobre a fórmica do balcão, antes que o Macedo olhasse torto para eles.

Lá fora, a noite já caíra. Uma fresca agradável deslizava a sua delicadeza pelo ar, como fosse um véu de seda acariciando o cansaço de quem, após uma longa jornada de trabalho, voltava enfim para casa.

Procurando não pensar no conhaque que restara intocado lá dentro, Marçal disse ao homem que respirasse fundo. Sentia-se melhor?

Girolamo já não chorava. O branco dos olhos, porém, estava rendado de finíssimas veias.

— *Grazie mille*. Acho que essa aguardente de cana *non mi ha fatto bene*. — Estendendo um cumprimento, apresentou-se: — Eu me chamo Girolamo Palumbo.

Marçal encaixou a sua mão de pianista naquela mão de arpoador.

— Satisfação. Sou Marçal Quintalusa. Na verdade, já

o conheço de vista. Moro no Edifício Sabiá, em frente à sua casa.

O velho desculpou-se; não tinha memória boa para fisionomias. Em seguida, a expressão do seu rosto, que se alumiara de leve, voltou a escurecer. Marçal teve pena: decerto o pobre homem acabara de imaginar o vizinho debruçado a uma das janelas do edifício, assistindo de camarote ao espetáculo vergonhoso que a sua filha caçula proporcionara na calçada, não fazia nem uma semana. Tentou tranquilizá-lo:

— Mal paro em casa. Estou sempre lá para os lados do Centro, onde trabalho. Mas talvez o senhor já tenha visto a minha mãe, uma senhora idosa que, às vezes, desce para dar uns passinhos em frente ao prédio.

Diante da expressão vazia no rosto do italiano, Marçal ajuntou:

— Ela costuma usar uma trunfa na cabeça.

— Trunfa?

— Uma trunfa é um pano enrolado à volta da cabeça. Uma espécie de turbante.

Em câmera lenta, a face de Girolamo foi se arredondando num sorriso:

— Acho que a conheço. É a senhora que está sempre acompanhada da *dottoressa* Regina, não é?

Dessa vez, foi Marçal quem precisou respirar fundo. *Dottoressa* Regina: que piada. A criatura sequer devia ter o tal diploma de auxiliar de enfermagem, aquele que, ao ser contratada, ficara de trazer, só faltava um trâmite burocrático qualquer, coisa pouca, um carimbo; depois foi a loja de molduras que custou a terminar o serviço, gente irresponsável; por fim, apareceu a madrinha que, toda orgulhosa, encantou-se no quadro e pediu para ficar com ele por um tempinho. Àquela altura, Marçal já desistira de conferir o documento. O fato é que Regina, a todas essas, já estava no emprego há uma data, maquiando Dona Zaida como para uma festa, pintando-lhe as unhas com cores impossíveis, pendurando em suas orelhas brincos espetaculosos. Às vezes, Marçal olhava para a mãe e, com horror, via nela uma cafetina decadente. Em mais de uma ocasião, estivera a um triz de dispensar a enfermeira. Mas não o fez. É que Regina, por outro lado, passava horas intermináveis a alisar a mão da sua paciente, contando-lhe histórias que iam desde fábulas infantis até o último capítulo da novela, e trazia-lhe brioches da confeitaria, os seus preferidos, e rezava com ela na hora do ângelus. Evidentemente, era uma pessoa de boa índole. Chegava a pôr uns legumes sobre a mesa da cozinha e, ajeitando uma faca de fio gasto na mãozinha enrugada, pedia à maior artista de todos os tempos que ensinasse os seus segredos, e então eram as duas a cortar chuchus, abóboras e batatas, Regina muito aplicada, fazendo perguntas e pedindo orientação. Ao cabo das tentativas, os legumes pouco ou nada se assemelhavam aos pretensos foguetes, bailarinas e girafas, mas não tinha importância, pois era só jogá-los na água fervente da panela e eles se transformariam, sem erro, numa bela sopa. Tudo somado, era uma criatura bem intencionada. De resto, como Marçal poderia esquecer aquela cena vista pelo vão de uma porta entreaberta? Ainda hoje, a só lembrança paralisava-lhe o coração: a mãe a tocar o rosto da enfermeira e a chamá-la de Eunice, a mãe a perguntar-se o que mais ela poderia pedir a Deus, tendo sido abençoada com uma filha assim tão amorosa.

Resignado, ele respondeu ao italiano:

— Isso mesmo. Minha mãe está sob os cuidados da doutora Regina. É uma profissional bastante capacitada a doutora Regina.

— E é uma pessoa de alma generosa. Também para a minha família ela tem sido muito boa. Faz o que pode, é claro. — E o homem voltou a murchar: — *Sfortunatamente*, o que se pode fazer, no caso, é *troppo poco*.

Tratava-se de uma ótima deixa para escarafunchar o mistério em torno da italianinha. Mesmo com medo de que o velho retomasse o choro, Marçal encorajou-se:

— Como está a sua filha mais moça?

Àquela pergunta, Girolamo desviou o olhar. Alojou-se entre os dois um silêncio que deu mais volume ao motor dos carros que passavam na rua; uma buzina acionada ao longe soou ensurdecedora, e os passos de uma senhora que cruzou por eles pareceram marretadas contra a laje. Já arrependido, Marçal vasculhava as ideias em busca de outro assunto, quando o homem enfim respondeu, os olhos ainda em diagonal:

— Minha filha? *Poverina. In questo momento*, ela está lá, acorrentada à estrutura da cama. Tomara Deus esteja dormindo, sonhando com coisas tranquilas. — E, apontando para a mão de Marçal, esclareceu: — Essa chave que você tem aí é a do cadeado.

Acorrentada? Não teria o velho se embaralhado no português? Seria possível que aquela menina miúda, de aparência tão frágil, estivesse mesmo sob o peso de correntes? Tentando disfarçar o espanto, Marçal convidou Girolamo para caminhar um pouco. Mexer as pernas era bom para diluir a cachaça.

E foi naquela caminhada que Marçal, passo a passo, tomou conhecimento do infortúnio de Giuseppina Palumbo, a tarantata de Santa Maria di Leuca, a moça que tinha sido a melhor das filhas do mundo, a mais direita, a mais pura, até o dia em que a tarântula decidira picá-la. Girolamo começou devagarinho, falando do mar azul-verde que ele deixara para trás, contando do arpão e do barco agora abandonados, e, de repente, estava despejando tudo aquilo, todos aqueles detalhes, a manhã de sol fervente, o intento absurdo de localizar a divisa entre o Jônico e o Adriático, os quatro polvos de cabeça enorme que ficaram enrijecendo sobre as rochas da praia. Quieto, Marçal apenas escutava. Não consultou o relógio uma única vez, mesmo sabendo que Regina tinha hora para sair. Aquela era a história mais interessante que ele jamais ouvira.

O tal tarantismo, em suma, vinha a ser uma doença decorrente da picada da tarântula, não uma tarântula como outra qualquer, mas aquela que se esgueira pelo Salento, região meridional da Itália que corresponde à parte mais peninsular da Puglia, precisamente à ponta do salto da bota. Também na vizinha Basilicata haviam se verificado, ao longo dos tempos, alguns casos de tarantismo, mas no Salento é que o flagelo vicejara em todo o seu horror. Os primeiros episódios remontavam à Idade Média e, desde então, inúmeras mulheres, em especial as jovens, haviam sido arruinadas pelo veneno do bicho, que as arrebatava num surto de intensa agitação: correrias sem propósito, saracoteios lascivos, gritos e gargalhadas. Com frequência, viam-se forçadas a assumir o comportamento da aranha que as picara, ocasiões em que se jogavam no chão, braços e pernas transformados em patas, e moviam-se ameaçadoras para cá e lá, revelando uma intimidade com o solo que só um animal desprezível podia ter. Tamanho desvario durava dias, entremeado, por vezes, com períodos de profundo desalento em que a tarantata, recusando água e comida, ficava a gemer num canto, enrodilhada sobre si mesma como se lhe doessem as tripas. Depois, de assalto, ela retomava os meneios, a afobação, os giros. Para dar fim àquilo tudo, só com muitas tarantelas.

— Tarantelas? — indagou Marçal, surpreso. Até então, ele as tinha na conta de música folclórica do sul da Itália. Nunca soubera que pudessem estar associadas a essa estranha doença de que agora lhe falava o velho Girolamo.

— Sim, tarantelas. São canções cujo ritmo faz a tarantata *ballare* de um jeito frenético, até livrar-se por completo da peçonha da tarântula.

Naquela altura da caminhada, Girolamo e Marçal haviam alcançado a praça do bairro, quadrado de muito cimento e poucas árvores onde as gangorras e balanços enferrujavam tristemente, amargando os aleijumes impostos pelo vandalismo das madrugadas. Sentaram-se sobre um banco que mostrava na madeira uma infinidade de inscrições, e o pianista envergonhou-se ao ver que o italiano, sem perceber, descia as nádegas justo sobre um desenho pornográfico. No entanto, ainda mais constrangedor era o que estava por acontecer dali a pouco: olhos perdidos na distância, Girolamo Palumbo começou a cantar baixinho, e ele tinha a voz mais desafinada do planeta. Não era uma tarantela como essas das cantinas vermelho-e-verde do Bixiga: a melodia lembrava um lamento puladinho, e a letra expunha esquisitices de que Dante Alighieri, seguramente, jamais tivera notícia, algo que só podia ser dialeto, decerto pugliese.

Enquanto o velho se esganiçava, os olhos diluindo-se ao longe, Marçal trouxe o pé para cima do banco e fingiu ajeitar o nó do sapato; depois, pigarreou e conferiu o botão no punho da camisa; por fim, coçou a nuca e deitou a cabeça para um lado e outro, como se precisasse alongar a cervical. Mas — diabo! — a tal de tarantela parecia determinada a enfiar-se noite adentro, subindo e descendo na corcova daquela horrenda desafinação.

Bendito o soluço que, de repente, brotou da garganta do velho: com o espasmo, ele pareceu engolir a cantoria. E agora estava ali, quieto, o olhar mais morto que o dos peixes atravessados pela lâmina do seu arpão. Não por muito tempo, porém. De um segundo para o outro, espremeu as pálpebras ao ponto de lhe sumirem as pestanas, esforço que logo se revelou inútil, pois as lágrimas, de todo modo, acabaram descendo.

— Não fique assim, Senhor Girolamo. Tudo se ajeita. Temos bons médicos aqui em São Paulo.

Limpando os olhos com os dedos, o homem objetou que os médicos — bons ou maus — em nada podiam ajudar. O fato é que não havia cura para a doença. As tarantelas eram o único modo de manter as crises sob controle, solução essa apenas temporária, porque os malditos surtos voltavam a ocorrer, especialmente com a chegada do verão, e isso pela vida inteira. Há anos que um caso de tarantismo não vinha à tona em Santa Maria di Leuca, mas os documentos arquivados na paróquia descreviam tudo à risca, dando conta de que raríssimas tarantatas experimentavam a ventura de voltar a ser o que eram. Quando o milagre acontecia, geralmente já iam soltas na velhice.

— Mas há algo que não compreendo — ponderou Marçal. — Uma única picada da tarântula ocasiona toda essa sequência de crises, pela vida afora?

O outro confirmou. Bastava uma única picada. Um só momento de descuido e a moça estava desgraçada para o resto dos seus dias.

Marçal fixou os olhos no chão da praça, onde o cascalho misturava-se a tocos de cigarro. Depois de um instante de silêncio, tornou a ousar, a desconfiança tentando ser respeitosa:

— Uma outra coisa, Senhor Girolamo. Não é estranho que essa aranha morda apenas mulheres? E como é possível que escolha justamente as mais jovens?

Inspirando fundo, o arpoador tranquilizou o rapaz quanto às suas dúvidas: sendo ele um brasileiro, era natural que não compreendesse. A aranha em questão não era uma aranha qualquer, dessas que existem em outras partes do mundo.

— A tarântula salentina, *amico mio*, só existe no Salento, e só quem é de lá conhece a dor desse castigo.

Marçal entrelaçou as mãos, fazendo os dedos estalarem. Tinha extrema má-vontade com explicações que não fossem racionais. Só mesmo os olhos da italianinha, tão escuros, tão cheios de mistério, é que o mantinham ali, ouvindo aquele carcamano despejar as suas premissas sem sentido.

— Bem, Senhor Girolamo, ao menos a coisa pode ser mantida sob controle com as tarantelas. O que vocês estão esperando então? Basta tocar a música e fazer com que Giuseppina dance.

O homem obrigou-se a sorrir:

— Quem dera fosse simples assim.

A tarantela, na verdade, não era apenas uma música, mas todo um ritual, e arrastava-se por, no mínimo, uma semana inteira, às vezes mais. Para que surtisse resultado, tudo tinha de ser feito conforme a tradição, e Mafalda, sabendo disso, nunca medira esforços. Ah, o rebuliço que tomava conta de Leuca! Auxiliada pelas filhas mais velhas e por mulheres da vizinhança, Mafalda cuidava pessoalmente dos preparativos. No assoalho do quarto de Giuseppina, era esparramado um enorme lençol branco. No círculo ao redor, eram dispostas todas as cadeiras e banquetas da casa, não apenas para dar comodidade aos tocadores de *tamburello* e de violino, mas também para acudir a assistência: de fato, passadas algumas horas, aquele espetáculo pavoroso já não petrificava o corpo dos ali presentes, e então a fadiga fazia-se sentir, tanto nos pés que latejavam como nas ancas a pressionar os rins. Havia ainda as moças que dançavam a *pizzica*, e essas — coitadas! — era natural que precisassem sentar de vez em quando. O amigo já tinha visto dançar a *pizzica*? Ante a resposta negativa de Marçal, Girolamo explicou que a dança em questão era característica daquela região da Itália, a Puglia, e consistia num movimentar-se tão frenético de braços e pernas que a pessoa logo se via esgotada. Dançava-se a *pizzica* à volta do lençol branco, e o objetivo era incentivar a tarantata a também dançar, para que ela, naquele frenesi suarento, purgasse todo o veneno da aranha. Mas que força tinha a peçonha do bicho! As moças ao redor do lençol revezavam-se naquela canseira, o corpo já moído, o suor empapando a roupa, enquanto Giuseppina saracoteava madrugada adentro sem dar o menor sinal de abatimento. Revirava os olhos de um jeito que era como se neles se reproduzisse, em miniatura, aquele ritual desvairado, o branco das vistas sendo o lençol, o preto sendo ela mesma, agitando-se como louca em todas as direções. Coisa horrível, Marçal. E São Paulo estava lá, assistindo àquilo tudo, porque o quarto era repleto de imagens do santo, em estátua e em gravura, algumas providenciadas por Mafalda, outras trazidas pelas pessoas que vinham participar da tarantela. Essas imagens eram posicionadas em pontos estratégicos, e o mesmo cuidado se tinha na colocação das fitas vermelhas e amarelas, que se aconselhava pendessem do teto, em tecido lustroso, equidistantes umas das outras. Dizia a tradição que tais cores, vistas à exaustão pela tarantata, ajudavam na purga. E, é claro, não podiam faltar as garrafinhas de água milagrosa, enfileiradas, de prontidão, junto ao rodapé do quarto. Melhor se a água fosse recém-tirada do poço, recomendação que fazia Girolamo esperar até a véspera da tarantela para, só então, montar no burrico que o levaria até Galatina, cidade onde ficava a Capela de São Paulo. Bem no centro do altar, estava o poço mágico, o poço cuja água tinha gosto de esperança.

O italiano pareceu surpreso ao perceber que Marçal jamais ouvira falar na famosa água. Contou que, fazia alguns anos, o governo, num ato de truculenta ignorância, mandara cimentar a boca do poço: gente sem fé alegava que aquela fonte, assediada por um número descomunal de pessoas, atuava como veículo na transmissão de doenças. Girolamo, contudo, dera jeito de conversar com o padre encarregado da capela. Mãos unidas em súplica, ele explicara a miséria da sua menina, justo a menorzinha; falara depois sobre as irmãs mais velhas, decerto condenadas, elas também, a acabar sem marido, o que era até compreensível, já que homem algum, de sã consciência, haveria de querer uma tarantata na família; para arrematar, Girolamo mencionara a mãe da infeliz criatura, uma mulher que de tudo fizera para incutir nas filhas as virtudes do asseio e do pudor, sem jamais imaginar que o futuro lhe reservasse assistir àqueles espetáculos de volúpia e indecência protagonizados pela sua menina mais nova.

 O padre, a princípio, ficara a encará-lo sem dizer palavra. Depois, puxando um lenço que trazia escondido sob a manga da batina, apertara-o forte contra o suor da nuca: o bom homem escusasse, mas era preciso consultar o santo. Sob essa alegação, fora ajoelhar-se perante a estátua de São Paulo, imagem que, enclausurada dentro de um nicho escavado na parede do altar, protegia-se atrás de uma robusta grade de ferro. E Girolamo, enquanto aguardava ansioso pelo veredito, pusera-se a imaginar: ao longo dos anos, aquelas barras já enferrujadas, quanto desespero não teriam experimentado? Carícias úmidas de súplica, golpes e arranhões alucinados, beijos de uma ardência ambígua — ora devota, ora libertina. Sobretudo no dia 29 de junho de cada ano, quando ocorria a festa em homenagem a São Paulo, eram numerosas as tarantatas que afluíam à capela, todas em busca de alívio para aquela aflição que lhes raspava não apenas a alma, mas também o baixo-ventre. Implorando pela graça, algumas se punham a rolar pelo chão, outras se soltavam a dançar, e havia até aquelas que, em meio ao transe, urinavam e vomitavam nas proximidades da estátua. Por vezes, as extravagâncias chegavam a tal ponto que a diocese, já não podendo fazer vista grossa, via-se obrigada a intervir, e convinha que os funcionários enviados fossem tipos corpulentos, tão frequente era ter de usar a força física contra aquelas mulheres ensandecidas, quando não contra os seus parentes. De toda essa desventura, Girolamo, por muito tempo, tivera não mais que uma remota notícia; de um momento a outro, porém, ele e sua família viram-se transformados em partícipes da tragédia. No mínimo uma vez por ano, empreendiam viagem desde Leuca até Galatina, guiados sempre pela esperança de que a caçula, ao aproximar-se do santo protetor das tarantatas, sarasse do veneno. Se ao menos pudessem pôr a menina em contato com a água do poço milagroso, talvez conseguissem abreviar tanto martírio, e para isso bastava o padre, nesse exato momento, levantar-se daquela reza ao pé da estátua e vir dizer que sim, que era possível descerrar o poço, e que fosse feito de imediato, visto que a honra e a pureza de Giuseppina Palumbo eram coisa mil vezes mais relevante do que um impiedoso decreto do governo.

E não é que assim foi? Como se estivesse ouvindo as súplicas silenciosas de Girolamo, o padre, dali a um segundo, desdobrou os joelhos e aproximou-se. Com ar solene, anunciou que o santo, após muito refletir, dera o seu consentimento. A partir daí, tudo aconteceu sem maiores cerimônias: valendo-se de um piparote, o religioso chamou o sacristão e, enquanto limpava debaixo das unhas, passou-lhe as instruções, salientando que o cantinho a ser esburacado na boca do poço deveria ser discreto, o mínimo necessário, e sobre a abertura haveria de se encaixar, depois, uma tampa, o recorte devidamente apagado com massa. Falou tudo isso como quem, proferindo um pai-nosso ou uma ave-maria, já não percebe o sagrado embutido em cada uma das palavras. Só olhou o rapazinho nos olhos no momento de orientá-lo acerca do embrulho de jornal que jazia aos pés daquele bom homem: que fosse levado, sem demora, para a geladeira da sacristia, cuidando-se que os peixes fossem armazenados bem perto do bloco de gelo, mas os polvos nem tanto, pois, do contrário, a carne corria o risco de emborrachar.

Um suspiro doído e o relato de Girolamo parecia enfim terminado, mas o velho ainda teve forças para um fecho:

— Que dias, meu jovem... Que dias...

À falta do que dizer, Marçal apenas assentiu com a cabeça. Tentava processar aquele catatau de informações, esforçava-se por visualizar as cenas recém-descritas, mas era tudo tão absurdo que os miolos emperravam. Vencido, ele se rendeu a estar quieto, e só depois de um bom tempo é que falou:

— Está bem que a tarantela tenha lá o seu protocolo, repleto de detalhes que não podem ser negligenciados. Mas talvez seja possível, Senhor Girolamo, mesmo aqui no Brasil, pôr em prática uma tarantela *vera e propria*.

— Pouco provável, Marçal. Onde estão os tocadores de *tamburello* e de violino? Onde estão as moças que dançam a *pizzica*? Por outro lado, as imagens do santo ficaram todas em Leuca, com exceção de uma humilde estatueta, e ficaram para trás também as fitas, o lençol, *tutto*. Mafalda não quis trazer nada. Achava que seria uma demonstração de pouca fé no grandioso São Paulo e que isso poderia comprometer o *miracolo*. Fui eu que, na última hora, sem que ela visse, enfiei na bagagem uma única *botiglieta* de água do poço. Não bastasse isso, quando Mafalda e as meninas já haviam subido na charrete, eu lhes disse que esperassem um pouco, tinha esquecido uns salames que poderíamos comer na viagem, e voei como um covarde até o porão, embrulhei as correntes num pano e as coloquei debaixo do braço.

— Bem, isso mostra que o senhor é um homem precavido.

— Precavido? — Passando uma mão sem esperança pelos cabelos grisalhos, o italiano ponderou: — Talvez a minha velha é que esteja certa, Marçal. Com as minhas precauções, eu desrespeitei o santo. Pus tudo a perder.

— Não diga uma coisa dessas, Senhor Girolamo. — E Marçal não se conteve: — Convenhamos que o grandioso São Paulo não há de ser assim miudeiro.

— Miudeiro?

Obviamente, o velho desconhecia a palavra.

— Deixe estar. Olhe, essa parafernália toda, fitas coloridas, lençol branco, tudo isso pode ser providenciado. As imagens do santo, aposto que há várias na paróquia aqui do bairro, e o padre não se importaria de emprestar algumas. Quanto aos instrumentistas — Marçal susteve-se por um instante, a tempo ainda de não se comprometer, mas o resto da frase resvalou de sua boca —, talvez eu possa ajudar. É que trabalho num conservatório musical, como professor de piano, e tenho colegas que se dedicam a esses instrumentos.

— *Veramente?* — No escuro da noite, o rosto do homem pareceu ensolarado.

Combinaram, então, que Girolamo escreveria num papel a letra da tarantela cantada há pouco, e Marçal, guiando-se pelo sobe-e-desce da voz do italiano, enxertaria as notas musicais nas entrelinhas. De posse desse arremedo de partitura, o colega que dava aulas de violino e o outro que ensinava percussão conseguiriam se virar.

Acertavam ainda os detalhes do projeto quando um trovão rebombou ao longe, e logo uma chuva inesperada caía em alfinetes sobre os dois. Levantaram-se do banco e puseram-se a caminhar a passo de urgência, o italiano com o casaco erguido por sobre a cabeça, e Marçal cobrindo-se apenas de um gradual arrependimento: era mesmo um louco por estar metendo a mão naquela cumbuca. Já não tinha incomodação suficiente? Deveria dedicar-se — isto sim — a compor a suíte dos seus sonhos, aquela que faria dele um pianista de alta envergadura, disputado pelas sinfônicas mais prestigiadas. Em vez disso, o que fazia? Comprometia-se a rabiscar a partitura de uma malsonante tarantela. Era jogar a si mesmo no latão do lixo.

    Em poucos minutos, viram-se diante da casa de reboco crespo. Desafiando a chuva, Marçal subiu o rosto e percebeu que, no quinto andar do Edifício Sabiá, havia luz numa das janelas. Olhou o relógio e calculou: a essa hora, a mãe já devia estar vestindo o seu chambre de matelassê, a pele cheirando a leite de colônia, os cabelos enfim livres do capacete de pano; já devia ter visto a novela, convicta de tratar-se do primeiro capítulo, e já devia ter sorvido a sopa feita com os legumes que, pouco antes, poderiam ter se transformado em obra de arte; até os bochechos de água com bicarbonato a mãe já devia ter feito. Sim, era tarde. E, contudo, ela certamente não se perguntara como diabos o filho ainda não estava em casa. Não tivera uma lasquinha que fosse de preocupação, a sobrancelha não franzira sequer um milímetro, o estômago não se apertara nem mesmo de leve. Nada, lhufas, nada vezes nada. Muitíssimo obrigado, minha mãe, por tamanho zelo. Flagrando-se entregue a tais ironias, Marçal engoliu em seco, e seus olhos desceram, envergonhados, do quinto andar até o chão. Volta e meia, surpreendia-se amargando aquele ridículo ressentimento, como se a pobre Zaida Quintalusa pudesse ser acusada de ter abandonado o filho, como se o tivesse preterido para sumir, por gosto, nas brumas da demência.

    Tossiu. Recuperado da sensação de bolo na garganta, tratou de despachar o velho:

— Senhor Girolamo, aqui nos despedimos, ou essa chuvinha vai acabar nos enfiando uma gripe no corpo. — Decidido, estendeu a mão: — Tenha uma boa noite.

Girolamo Palumbo não disse palavra, não moveu um músculo. Tinha ainda o casaco por sobre a cabeça, e Marçal notou que, no escuro daquela caverna improvisada, os olhos do homem brilhavam de um jeito esquisito, não apenas brilhavam, mas assumiam uma cor até então despercebida: nem verde, nem azul, talvez verde-azul e, de repente, já não eram dois olhos, mas duas janelas deixando ver o mar de Santa Maria di Leuca.

Quando deu pela coisa, o pianista já se encontrava dentro de um abraço que cheirava forte a cachaça. Prestando atenção, sentia também um longínquo aroma de maresia.

— *Grazie, amico. Grazie di tutto* — disse-lhe o italiano, bem perto do ouvido.

Sem graça, Marçal retrucou que, por favor, não tinha de quê. Só pensava em como desvencilhar-se daquele exagero de afeto quando, em boa hora, ocorreu-lhe:

— Espere, Senhor Girolamo. Quase que vou me esquecendo de um detalhe importante. — Afastando-se com a delicadeza que a situação pedia, buscou algo no fundo do bolso das calças: — Tome. Isto aqui lhe pertence. Mas confio que, em breve, já não lhe seja útil.

Dessa vez, a mão do italiano avançou confiante em direção à chave do cadeado. E as gotas escorrendo naquelas faces sanguíneas nada mais eram do que água da chuva.

9

MARÇAL HAVIA GASTO UM SÁBADO inteiro na biblioteca da universidade, mas tinha valido a pena. Depois de muito revirar o fichário, localizara alguns livros que falavam sobre o tal de tarantismo. Debruçara-se sobre eles, fizera anotações, mordera a ponta do lápis. Mais e mais, atiçava-se a sua curiosidade por aquela história toda.

De fato, o que ele encontrara nos livros era mesmo impressionante. Estudos sugeriam que a doença de que lhe falara o velho Girolamo poderia não ter relação alguma com a picada de uma aranha. O primeiro passo em direção a essa suspeita havia sido dado por aracnologistas, pois eles descreviam a tarântula salentina como um espécime cujo veneno causaria uma síndrome tóxica de poucas consequências para a saúde humana, síndrome essa manifestada através de sintomas em nada semelhantes àqueles verificados nas mulheres vitimadas pelo tarantismo. Aliás, nenhum tipo de aranha encontrável no sul da Itália poderia, com a sua picada, desencadear um tal quadro sintomático. Lendo aquilo, Marçal remexera-se no assento da cadeira, como se, mudando de posição, pudesse assimilar melhor as informações. Não fazia sentido. Ávido por virar a página, lambeu a ponta do dedo.

Surgiram-lhe, então, figuras de diferentes aranhas: *latrodectus, lycosa, epeira*. Nenhuma delas, porém, identificava-se com a tarântula que, há séculos, assombrava os italianos do Salento, embora todas houvessem concorrido, cada qual com um determinado aspecto, para plasmar o monstro mítico do tarantismo. Monstro mítico? Intrigado, Marçal releu aquele último parágrafo, dessa vez sem tanta pressa, e ficou um instante a refletir, os olhos desfocando as letras.

Consultou outras brochuras. Várias delas traziam referências a São Paulo como o santo protetor das tarantatas, o que parecia fundar-se em uma lenda segundo a qual o apóstolo, numa ocasião em que navegava por aqueles mares, teria aportado no promontório de Santa Maria di Leuca e caminhado até a vizinha cidade de Galatina, onde pernoitou. No desejo de compensar a hospitalidade com que o acolheram, pediu e obteve de Deus o poder de curar todos aqueles que tivessem sido picados por animais venenosos, não apenas por aranhas, mas também por escorpiões, serpentes, lacraias. Para pôr em prática a dádiva divina, São Paulo fazia um pequeno sinal da cruz sobre a ferida e pedia às vítimas que bebessem da água do antigo poço existente ali no povoado, o que lhes provocava um imediato vômito e, logo a seguir, estavam milagrosamente curadas. Mesmo depois que o santo deixou a cidade para prosseguir em sua peregrinação, as pessoas daquele vilarejo e dos arredores continuaram a recorrer, sempre que necessário, à misteriosa água do poço, invocando, cheias de fé, a proteção do apóstolo das gentes. Com a propagação dos casos de tarantismo, intensificaram-se as solicitações a São Paulo, que não demorou a assumir o posto de padroeiro das tarantatas.

Tão compenetrado ia Marçal na leitura daquelas linhas que nem percebeu o aproximar-se da bibliotecária. Quando a mulher tocou-lhe o braço, ele se desconjuntou num sobressalto.

— Só queria avisar que fechamos às dezoito horas — disse ela, e a expressão em seu rosto deixava claro que não haveria tolerância para prorrogações.

De novo a sós com os livros, Marçal puxou o punho da camisa e consultou as horas. O tempo voara de um jeito esquisito. Deu-se conta, só então, de não ter comido o sanduíche que trouxera, a título de almoço, no bolso do agasalho. Surpreso, levou a mão ao estômago, mas o fato é que não sentia fome alguma. De resto, a gostosura em questão não passava de uns retalhos de queijo entre duas fatias de pão dormido. Que ficasse onde estava. Ajeitando a postura, preparou-se para dar continuidade à sua pesquisa, mas foi aí que a recordação, tão pesada quanto uma daquelas estantes abarrotadas de livros, golpeou-lhe a cabeça: o supermercado. E Marçal pôde ouvir, em meio ao silêncio da biblioteca, o grasnar de Regina, advertindo-o de que hoje mesmo, sem falta, era preciso dar um pulo no supermercado, pois até o pó de café andava nas últimas, sem falar que ela, ainda ontem, vira-se obrigada a pedir uma xícara de arroz para Dona Ivone.

— Raio! — praguejou ele, e a voz saiu-lhe em volume

acima do pretendido, tanto que a bibliotecária, agora acomodada em sua escrivaninha, endireitou os bifocais, gesto acompanhado de um cítrico retesar da boca.

Tentando controlar-se, Marçal começou a rabiscar losangos na margem do caderno que havia trazido para anotações. Contíguos, sobrepostos, tridimensionais, e o traço foi se tornando cada vez mais escuro, mais profundo, não se podendo esperar senão aquele estalido que, dali a pouco, privou o lápis de expressar-se. Graças à suave inclinação da mesa, a ponta da grafite rolou liberta pelo branco da página, e Marçal ficou imaginando como seria bom ter aquela coragem: diante da pressão excessiva, romper com o todo, declarar independência. Desanimado, largou o lápis sobre a canaleta escavada no tampo e pôs-se a alisar as grossas sobrancelhas, polegar e indicador distanciando-se um do outro milímetro a milímetro. Olhou os livros esparramados à sua frente, lembrou-se do velho Girolamo assoando o nariz naquele lenço gigantesco, imaginou a italianinha talvez acorrentada à estrutura da cama. Ora, às favas a lista das compras! E, no embalo daquela decisão redentora, agarrou um volume qualquer dentre os tantos que se empilhavam diante dele.

Tratava-se de uma coletânea de ensaios. Pelo visto, psicologia misturada com sociologia, uns toques de antropologia, umas pitadas de neurologia. Parecia interessante. Dedo no índice, Marçal localizou as páginas dedicadas ao tarantismo. Um instante depois, estava inteiro naquela leitura, igual a um inseto capturado pela teia de uma aranha.

O texto levantava indícios de que o tarantismo seria, na verdade, uma válvula de escape, a maneira encontrada por algumas mulheres da Itália meridional para aliviar-se das repressões terríveis que as sufocavam. Tudo se passava, é claro, na escuridão do inconsciente. Eram tão cruéis as amarras, era a tal ponto atroz a proibição social que impedia essas mulheres de se conectarem consigo mesmas, que elas acabavam explodindo num surto desvairado — um espetáculo que, no seu estardalhaço de agitação e lascívia, suplicava a atenção do mundo em torno. Dessa forma conseguiam, em certa medida, apaziguar a fúria das suas pulsões internas. Transcorridos os dias de duração do surto, elas podiam voltar, plácidas, aos papéis que a sociedade lhes permitia: filhas pressurosas, esposas cordatas, mães devotadas. Aos olhos de todos e de si mesmas, figuravam como vítimas de uma temível aranha que, com a força do seu veneno, roubava-lhes o juízo e o recato. Mas eram, em realidade, vítimas de um ambiente castrador e asfixiante.

Marçal lera e relera aquele ensaio, que falava ainda das tarantelas não apenas como um ritual catártico, mas também como uma situação organizadora de conflitos psíquicos. A dança, a música, as fitas coloridas, a água do poço, cada um desses elementos teria uma função simbólica, como se emprestassem forma ao que é disforme, som ao que é silente, cor ao que é incolor. Os surtos de tarantismo e a própria tarantela seriam, segundo as conclusões do estudo, uma maneira de escutar e enxergar aquilo para o que se é surdo e cego, uma maneira de tocar o impalpável, de circunscrever o que não tem contorno.

Agora, enquanto completava o trajeto entre a parada do ônibus e a rua onde morava, Marçal ainda remoía alguns fragmentos daquele texto — ambiente castrador, amarras emocionais, válvula de escape. Tudo tão fascinante! Tudo enfim dando um sentido à história estrambólica que ele, na véspera, ouvira da boca do velho Girolamo. De quebra, ainda acabara por descobrir a raiz etimológica do verbo atarantar. Sem dúvida alguma, valera a pena enfiar-se na biblioteca, mesmo que o sábado, a esse ponto, já começasse a anoitecer.

De fato, os postes de luz já haviam acendido as suas lâmpadas de mercúrio. Pego de mau jeito pela constatação, Marçal coçou a nuca. Poderia ter aproveitado o dia livre para trabalhar na partitura, não poderia? Melhor dizendo, eis o que deveria ter feito. Réu de si mesmo, baixou os olhos, percebendo que os seus passos pela calçada já não tinham o entusiasmo de há pouco. Para despistar o superego, pôs-se a assobiar uma sonata qualquer, e que simpático aquele cachorro que agora passava por ele, mas logo a voz acusadora verberava de novo em sua cabeça. De fato, há semanas que o encadeado das notas teimava em não avançar. As colcheias, as semicolcheias, as fusas, as semifusas, o próprio pentagrama e também as claves, todos ali pareciam estar mancomunados, tramando em surdina alguma forma de protesto. Horas e horas em frente ao piano, acordes que não surpreendiam, movimentos para lá de manjados — e, enquanto aquele cortejo de frustrações ia desfilando pela mente de Marçal, uma pedra ousou surgir perante os seus passos. Bastou um segundo: o mesmo pé que mal encontrava forças para caminhar por aquele trecho da calçada armou-se de um ímpeto inesperado, e a pedra, um instante depois, chocava-se contra uma lixeira logo adiante, o estrondo nada devendo ao de um disparo de revólver. Pois talvez tudo aquilo não passasse de uma grandessíssima perda de tempo. De que adiantava tamanha obstinação em compor uma suíte que arrebatasse corações e mentes? De que servia ele se candidatar para as bolsas de estudo no exterior? Arroubos patéticos de um pretenso virtuose. No fim das contas, não passava de um simples funcionário no conservatório bolorento do Seu Rúdi, penando para ensinar garotos estúpidos e mocinhas obtusas a diferenciar um dó de um ré. Filhinhos e filhinhas de papai, com suas roupas cheirando a recém-lavadas, com seus sorrisos prateados de ortodontia e seus sapatos de solas zerinho — isso sem falar, é claro, naquelas unhas irritantes, sempre aparadas e limpas. Malditas crianças e seus futuros fáceis, onde tudo cairia do céu.

De repente, Marçal percebeu-se já à porta do apartamento 504 do Edifício Sabiá, e nem se lembrava de ter subido os cinco lanços de escada. Com um assoprão enviesado, tentou livrar-se do tanto de cabelo que a raiva lhe derrubara por cima dos olhos. E calculou: era pôr o pé dentro de casa e Regina saltaria com a pergunta sobre as compras.

Sentindo a alma envenenada de sarcasmo, exortou-se a ter coragem. Essa — e nenhuma outra — era a vida que lhe tocava viver.

Girou a chave na fechadura, torceu a maçaneta e entrou, não sem antes limpar os tênis no capacho junto à soleira, sentindo que deixava naquelas cerdas de juta não apenas a sujeira da rua, mas também um pouco de si mesmo.

10

Do lado de lá da porta, silêncio. Devia estar dormindo. Não era de admirar: quando a coitada conseguira fechar os olhos, já passava das três horas da manhã. Melhor não cutucá-la.

Com passos que mal tocavam o chão, Mafalda Palumbo refez o caminho pelo corredor, muito atenta à bandeja onde o prato de minestra ameaçava transbordar. De volta à cozinha, despejou na caçarola aquele caldo amarronzado e moveu em círculos a colher de pau, farejando, uma vez mais, o vapor que subia até as narinas. A certeza, contudo, renovou-se: a minestra não saíra nos conformes. A receita antiquíssima, concebida para dar sustância às tarantatas durante os dias de surto, havia sido observada com rigor; o resultado, porém, viera outro. Decerto por causa do tutano. Bem que ela insistira com o açougueiro que aquilo não era miolo lá de dentro do osso, mas o *imbroglione* garantira que sim. Por outro lado, as alcachofras que Girolamo arranjara na feira, evidente que também elas tinham responsabilidade no desacerto, pois eram espinhentas que nem folha de abacaxi, e o minúsculo coração tinha gosto de saliva. Só podia mesmo dar errado, ainda mais que tudo cozinhara em cima daquele traste movido a gás. Gente moderna não aceitava, mas nada como uma boa chapa de fogão a lenha: o calor se espalhando na base todinha da panela cozia os alimentos com a devida harmonia.

Mais um círculo ou dois, e Mafalda, percebendo que o caldo, àquele ponto, girava com a violência de um turbilhão, decidiu dar sossego à colher de pau. Antes de fazê-lo, bateu o cabo contra a borda da caçarola, empregando no gesto uma força desnecessária, e ficou a olhar para o preparado, seguindo naquela atitude mesmo quando ele não mais se movimentava. Ocorreu-lhe, então, que um pouco de queijo, ralado bem fininho, talvez ajudasse a corrigir o sabor. Decidida, secou as mãos no pano de prato: embora a chance fosse pequena, o que estava em jogo não tinha tamanho. Empurrando a porta de tela que comunicava a cozinha aos fundos da casa, Mafalda atravessou o pátio com um caminhar de Mussolini, sumindo-se no interior do galpãozinho de telhas de zinco.

Ali dentro, maturavam os queijos e os salames. À falta de um porão na casa de reboco crespo, não restara alternativa aos Palumbo senão utilizar, para a estocagem dos alimentos a serem sazonados, aquela peça no fundo do terreno, e demorou um bom tempo — o suficiente, talvez, para a maturação de um *pecorino* — até que Mafalda deixasse de praguejar contra as condições nada ideais do ambiente. Hoje, ela olhava para o galpãozinho e, com ares de mártir, dizia-se conformada. Seria incapaz de admitir que se afeiçoara ao local, mas a verdade era essa. De fato, entre aquelas quatro paredes, envolta pela atmosfera sombria e aromática que ali reinava, Mafalda Palumbo permitia-se algum recolhimento, e a camada de serragem que forrava o chão emprestava aos seus passos uma maciez de afago.

Não era gratuita essa sensação. Ao longo das compridas prateleiras fixadas à parede, perfilavam-se as conservas de que a italiana tanto se orgulhava. Sentia-se reconfortada inspecionando os potes, unidade por unidade, como um general passando em revista o seu melhor pelotão. E eis o que ela fez naquele momento, convicta de merecer um agrado, não fosse pelo desgosto que lhe rendera a minestra, por tudo o mais. Mãos às costas, recitou a sequência que conhecia de memória: berinjela, cogumelo, alcachofra, tomate, pimenta, abobrinha, cebola, pepino e pimentão. Modéstia à parte, eram mesmo diferenciadas. Uma etiqueta em cada vidro, informando os ingredientes e a data de preparo, e uma touquinha de pano floreado em cada tampa. Em Leuca, o mulherio fora obrigado a reconhecer: não havia conservas como as que saíam da cozinha de Mafalda Palumbo. Não à toa, batiam à sua porta pessoas vindas de Lecce, Galatina, Otranto, Gallipoli e algumas até de Bari. Um belo dinheirinho ela angariava com as vendas, e bem que aquelas liras faziam diferença no orçamento doméstico. Chegando ao Brasil, porém, tudo mudara — e Mafalda, interrompendo a inspeção das suas amadas conservas, sentiu a habitual queimação no estômago. Naquele fim de mundo para onde Girolamo arrastara a família, não havia ninguém em condições de apreciar uma conserva bem feita. Tanto que, dos potes que ela deixara com o dono do armazém, só um ou dois tinham sido vendidos, e o homem, passado algum tempo, sugeriu-lhe que não trouxesse outros: era inútil. Selva! Girolamo arrastara a mulher e as três filhas para viver em meio a uma selva.

Antes que o seu estômago fosse consumido pelo incêndio que ali se armava, Mafalda foi obrigada a conter-se. Lembrou-se, então, do motivo que a trouxera até o galpãozinho. Valendo-se da espátula que ficava de prontidão junto aos queijos, serviu-se de um pequeno triângulo.

Tempo perdido, essa foi a sentença, e a colher de pau mal se despedira dos lábios da italiana. Derrotada, Mafalda tampou a caçarola. Se a convalescença de Giuseppina dependesse daquele preparado, então pobre da criatura.

Passou um pano sobre a pia já reluzente, alisou vincos imperceptíveis na toalha da mesa, desdobrou um guardanapo para depois dobrá-lo de novo. Quando deu conta de si, já não estava mais na cozinha, e sim na sala, mais precisamente no ângulo junto à janela, onde ficava o altarzinho com a estatueta de São Paulo.

Ajoelhada sobre a espuma gasta do genuflexório, não pôde evitar aquele devaneio: como seria bom se a filha, ao acordar, estivesse livre do veneno. Tratou logo de desenganar-se. Uma tarantata não voltava a si senão através das tarantelas, e até as pedras do Salento sabiam disso.

Sacando do bolso do avental a flanela que trazia sempre consigo, agarrou a estatueta e começou a lustrá-la, insistindo nas dobras do manto e nos caracóis do cabelo, porque o pó, ah, o pó era uma coisa insidiosa. Não demorou, porém, para que a imagem retornasse ao seu posto, mesmo que ainda houvesse, nos recuos da pedra-sabão, o que limpar. E Mafalda, respirando o calor dançarino das velas, pareceu esquecer-se de que tinha a imagem do santo diante de si, pois logo estava entregue àquela sua mania de pinçar, na ponta da língua, os ciscos imaginários. A solução proposta por Girolamo, por absurda que fosse, não lhe saía da cabeça. Uma tarantela brasileira? Não, não podia dar certo.

Mais Mafalda beliscava a ponta da língua e mais ela lhe parecia repleta de fiapos ou grânulos ou felpas — partículas, enfim, de uma sujeira qualquer, tão imprecisa quanto inaceitável. E o seu pensamento avançava. Perguntava-se Mafalda, agora, como o marido pudesse ser tão ingênuo. Como podia ele acreditar que surtiria efeito uma tarantela à moda brasileira? Dava até para imaginar: em lugar das mulheres que dançavam a *pizzica*, mulatas seminuas trepidando as nádegas; em vez dos tocadores de *tamburello* e de violino, malandros esganiçando cuícas e batucando em caixinhas de fósforo; em lugar das imagens do grandioso São Paulo, a tal Nossa Senhora preta, de quem nunca se ouvira falar. Chegava a ser um ultraje. Só Girolamo não percebia. Evidente que, sendo ele o culpado por toda essa esparrela, sendo ele o responsável por terem trocado a Itália por aquela selva de macacos, tinha mesmo de apresentar alguma solução. Mas a solução não era essa. Na verdade, o jeito era aceitar: não existia remédio para o mal de Giuseppina. O tarantismo era um fardo para ser carregado pela vida inteira, e eles tinham sido tolos de acreditar num milagre. Não que faltasse a São Paulo o poderio suficiente, mas o fato é que eles haviam posto os pés pelas mãos. Confundiram o grandioso apóstolo das gentes com um São Paulo charlatão, um São Paulo do terceiro mundo, que decerto nunca ouvira falar nem no Pai, nem no Filho, nem no Espírito Santo, menos ainda na tarântula e na sua maldade sem fim. Além disso, eles acreditaram desacreditando, o que — todo mundo sabia — era receita segura para não se alcançar a graça pretendida. De fato, que fé era essa que atravessava o oceano para ir ao encontro do milagre, mas se acautelava, levando na mala a hipótese de que nada desse certo?

Mafalda tinha de admitir, contudo, a aparente falta de alternativas. Giuseppina mostrava-se inteiramente dominada pelo veneno do bicho, mais do que em qualquer das crises anteriores. Nunca antes a menina embestara de arrancar a roupa de baixo para expô-la assim, à vista de todos, e essa nojeira de lamber os próprios braços e pernas era também novidade. Ademais, o sangramento, após meses de trégua, voltara com uma abundância assustadora, manchando roupas, lençóis, colchão, sem que houvesse detergente capaz de, por completo, remover as nódoas. Desesperada, Mafalda chegara a pingar sobre elas umas gotinhas de água milagrosa, mas nem assim. Aliás, a água do poço devia estar — com o perdão da palavra — chocha, pois Giuseppina já bebera boa parte do conteúdo da garrafinha e não apresentara melhora alguma. Haviam aplicado compressas nas axilas e na virilha, haviam molhado a ponta do lençol e feito um sinal da cruz sobre a testa da infeliz, tudo conforme ensinava a tradição; e mesmo assim, a peçonha da tarântula não dava mostra de arrefecer. Óbvio: aquela água havia sido tirada do poço milagroso havia mais de um ano. Bem que os antigos alertavam para a importância de que a água oferecida à tarantata guardasse, ainda, o frescor da pedra.

Percebendo que já passava da hora de encaminhar o almoço, Mafalda, determinada a levantar-se, apoiou as mãos sobre o parapeito do genuflexório, mas mal os joelhos afastaram-se da espuma do estrado e já tornavam a afundá-la. Pois uma coisa era preciso reconhecer: a tarantela proposta por Girolamo, mesmo que viesse a fracassar, não traria prejuízo algum. Perturbada pelo argumento, a italiana franziu-se toda. Não tardou, porém, a recuperar-se, lembrando que a sacralidade do ritual bem poderia virar chacota na boca da brasileirada ali em torno, gente que, para rir, não precisava de muito. Pelo que dizia a *dottoressa* Regina, o filho da Signora Zaida era pessoa de bem, muito sério e estudado; se ele se prontificava a ajudá-los, podiam dar crédito. No entanto, o que esperar do resto da vizinhança?

Com os joelhos já doendo, Mafalda levantou-se do oratório e foi para junto da janela. Pessoas as mais diversas passavam na calçada àquela hora da manhã: um vendedor de bilhetes de loteria, um casal de mãos dadas, uma senhora puxando um carrinho de feira, o afiador de facas empurrando a sua bicicleta. Mas, de repente, todos desapareceram, e quem a italiana enxergou ali foi a sua filha mais nova, mesmo que a menina, naquele exato momento, estivesse dormindo em seu quarto. Sim, lá se ia Giuseppina, toda saracoteios, toda caras-e-bocas, toda vexame. Torturada, Mafalda fechou os olhos com força; a cena, entretanto, furava-lhe as pálpebras. Indecência!

Se ao menos o descaramento ficasse restrito a dentro de casa, mas não, a menina parecia determinada a exibir-se para Deus e todo mundo. E esfregava-se nos troncos de árvore, e gargalhava, e girava sobre si mesma com a velocidade de uma piorra. Quanta humilhação!

Nesse instante, Mafalda reparou que Simona e Francesca empurravam o portãozinho do jardim. Vinham da igreja e, entrando em casa, logo se aproximaram da mãe, visto que tinham contas a prestar. Uma querendo falar antes da outra, disseram que a missa em louvor a São Paulo já estava encomendada, sendo que os potes de conserva haviam sido entregues nas mãos do padre em pessoa, tal como lhes fora recomendado.

Sem nada dizer, a velha olhou para as filhas de cima a baixo.

— *Va tutto bene, mamma?* — indagou Francesca.

Esfregando a testa com uma força de estriar a pele, Mafalda não deu resposta. Seus olhos apontavam ainda na direção das filhas, mas ela parecia já não as enxergar. Passou-se um minuto, passaram-se outros mais, e enfim Mafalda, com a testa já vermelha, deixou o braço cair pesado ao longo do corpo. Caminhou novamente até a janela e, de costas para as duas, disse-lhes que fossem apanhar, sem demora, o cesto das costuras. Trouxessem também aquela sobra de tecido branco. Era preciso providenciar, para o quanto antes, duas saias bem rodadas, compridas de rasar o chão.

— *Due gonne bianche, mamma?*

Adivinhando a palidez a instalar-se nas faces de Francesca e Simona, Mafalda virou-se irritada e as encarou:

querendo ou não, seriam elas a dançar a *pizzica* ao redor do lençol. Não importava que nunca antes o tivessem feito. Na tarantela brasileira que estava por acontecer, quem dera saíssem tortos apenas os passos da dança.

11

À PORTA, FOI GIROLAMO a recebê-los. O sorriso em seu rosto era, visivelmente, um esforço de boa educação.

— *Buona sera* a todos.

— Boa noite, Senhor Girolamo. — E Marçal sentiu pena daquela mão que, a despeito dos calos, apertava-se úmida à sua. — Estes são os colegas de que lhe falei. Emílio, que ensina percussão, e Zé Rubens, que dá aulas de violino.

— Quanta bondade a de vocês. *Grazie infinite.* Sejam todos *benvenuti* à nossa casa. Vamos entrando, *per favore.*

Na sala, Mafalda aguardava-os ao lado do oratório. Com a postura muito ereta e a estatueta de São Paulo colada junto ao peito, ela os examinou de cima a baixo sem dizer palavra, e tinha-se mesmo a impressão de que as rugas em torno de sua boca haviam se enredado umas às outras, compondo uma apertada costura de nós. Mesmo depois das apresentações de que se encarregou o marido, ela continuou no seu mutismo, e Girolamo, envergonhado, levou Marçal para um canto: não reparasse; a mulher estava assim agastada por causa do desentendimento com o padre.

Evidente que o azedume de Mafalda não se devia apenas à conversa que ela, no dia anterior, tivera com o padre. Aqueles três homens estranhos invadindo-lhe a casa, a *dottoressa* e a velha sentadas ali no sofá, o drama da família prestes a ser escancarado a pessoas sem a menor condição de compreender, tudo aquilo era já o bastante para estragá-la por dentro. A situação, contudo, seria menos detestável para Mafalda se o padre estivesse presente. E não estava em jogo apenas o seu conforto pessoal: a tradição exigia a presença de um religioso do início ao fim da tarantela. Era preciso benzer o lençol, as fitas coloridas, os instrumentos musicais; era preciso recitar as ladainhas, respingar a água milagrosa, evocar a força de São Paulo. Tudo isso havia sido explicado, tim-tim por tim-tim, ao pároco do bairro, e Mafalda ainda salientara que, tratando-se de uma tarantela assim enjambrada, eram já mínimas as chances de que surtisse efeito, que dizer se um representante da Santa Igreja não se fizesse presente. O homem, todavia, mostrara-se irredutível: não tomaria parte naquilo que ele, com todo o respeito, entendia como um rito pagão, e a Senhora Mafalda que desculpasse, mas até o bispo havia sido consultado àquele propósito, e Sua Excelência Reverendíssima partilhava do mesmo entendimento. Mafalda voltara para casa enfurecida: rito pagão? A ignorância da brasileirada beirava o sacrílego! E, durante horas, Girolamo ouvira a esposa imprecar contra tudo e todos. Três bules inteiros de chá de camomila não foram suficientes para acalmá-la, sendo que, à noite, uma urticária muito vermelha levantou pápulas pelo seu corpo todo.

Sim, Marçal estava a par de que a Senhora Mafalda sofrera esse duro revés. No entanto, nada justificava tamanha grosseria. Emílio e Zé Rubens tinham vindo até ali por pura camaradagem, e a dona da casa — que papelão! — sequer os cumprimentara. Mas não era somente esse o motivo do constrangimento de Marçal perante os colegas. Percebera logo ao entrar: Regina superara-se no embelezamento de sua paciente. De fato, sob aquela crosta de pancake alaranjado, pouco se podia enxergar da verdadeira Zaida Quintalusa. E as pálpebras pareciam pesar de tanto azul, e as maçãs do rosto berravam um carmim de festa junina, e os lábios, redesenhados por um traço vermelho, haviam se expandido para muito além dos contornos anatômicos. Não contente, Regina pendurara nas orelhas da pobrezinha uns brincos com aparência de lustres de cristal e, para arrematar, pescara de dentro da trunfa três arrojados pega-rapazes — um para a testa, dois para as têmporas —, sendo que a maluca dera-se o trabalho de anelar aquelas mechas grisalhas. Quanta indignidade! Como lhe doía ver a mãe assim, transformada em brinquedo dos outros! E pensar que ela, quando lúcida, havia sido uma mulher de tão poucas vaidades, no máximo duas gotas de lavanda atrás da orelha, às vezes umas pancadinhas de pó de arroz para tirar o brilho do nariz, e — é claro — sempre a trunfa cobrindo-lhe os cabelos. Mas a trunfa nem seria justo pôr na conta das vaidades. Se a usava, era apenas porque, ainda moça, vira-se acometida daquela pouquidão capilar, singularidade que lhe abria falhas largas no couro cabeludo, e, não fosse a contenção do toucado, a doceira encontraria fios de cabelo intrometidos nos seus merengues e babas de moça. Por vezes, Regina insistia com Marçal para que substituíssem a trunfa de Dona Zaida por uns apliques de fios naturais — havia alguns maravilhosos, com mechas platinadas — e insinuava que a demência em que hoje se encontrava a vovozinha bem podia ter relação com aquele abafamento imposto, por anos e anos, às suas ideias. Marçal, contudo, parava o que estivesse fazendo: de jeito nenhum. Ninguém privaria Zaida Quintalusa do pouco que dela ainda restava.

Tentando vencer o constrangimento, ele se aproximou da mãe e, após o habitual beijo na testa, disse-lhe:

— Mãezinha, esses dois rapazes trabalham comigo lá no conservatório. Este aqui é o Emílio, e este outro se chama Zé Rubens. São músicos muito competentes.

Zaida olhou com esforço para os dois, e só então Marçal reparou nos pequenos tufos de cílios postiços. Cadeira elétrica! Regina merecia a cadeira elétrica.

— Moços bastante simpáticos — disse a idosa. Em seguida, porém, pôs-se a balançar o dedo diante da dupla, a unha rosa-caribe tentando ser severa: — Eu avisei, não avisei? A madeira da escrivaninha estava tomada de cupins. Nenhum de vocês dois quis acreditar, não é mesmo? Agora estão aí, com essa cara de meu-boi-morreu.

Cientes da doença que acometia a pobre senhora, os colegas trocaram com Marçal um sorriso piedoso. A seguir, cometeram a insensatez de olhar para Regina, ao que a enfermeira, saltando do sofá, pipocou três beijinhos nas faces de cada um. Torcendo e retorcendo a boca, arrotou-

-se como profissional da área médica. Isso mesmo, e Deus nos livre que lhe tocasse desempenhar um outro ofício, pois a sua missão no mundo era aquela: aplicar a ciência em prol da saúde do ser humano.

Ciência? E Marçal viu-se a reparar, horrorizado, nas orelhas da mãe, onde os brincos esticavam os lóbulos até alinhá-los à curva do queixo. Depois, sabendo que o papaguear de Regina não conhecia freio que não fosse externo, atravessou-se na conversa sem nenhum prurido:

— O que você acha, Zé Rubens? É o caso de afinar o violino?

Desculpando-se com a enfermeira, o outro respondeu que sim. O sacolejo do ônibus era o suficiente, às vezes, para fazer com que as cravelhas perdessem o ponto exato da torcedura. Emílio, por sua vez, aproveitou para tranquilizar a todos quanto ao que lhe dizia respeito: a membrana do seu tambor estava aquecida o bastante. Como a demonstrar, percutiu os dedos levemente sobre o instrumento.

Foi então que Mafalda, avançando um passo, deu a ouvir o som da sua voz:

— Isso *non* é o *tamburello* genuíno — disse ela, apontando acusadora para o tambor que Emílio trazia debaixo do braço. — Talvez sirva para fazer pular os africanos que vivem aqui neste país, mas será inútil para trazer à tona *il veleno della tarantola*. — E, virando-se para o marido, desferiu: — *Ti ho detto, Girolamo, ti ho detto! Sarà una perdita di tempo!*

O que quer que Girolamo tenha respondido, ninguém ali chegou a ouvir, pois, justo naquele momento,

veio lá dos quartos um urro tão poderoso que os vidros das janelas estremeceram.
— *Dio santo!* — gemeu o italiano. — É ela! *Mia povera figliola!* — E explicou que a menina pressentia quando estava por acontecer uma tarantela, tanto que havia passado o dia numa agitação tremenda, ao ponto de as correntes terem tirado sangue dos seus pulsos e tornozelos. Apertando o braço de Marçal, advertiu: — *Dobbiamo fare presto, amico! Prestissimo!*
Violino afinado ou desafinado, *tamburello* autêntico ou inautêntico, rumaram todos em direção ao quarto de onde partira o tal grito, e a pressa de Regina foi tanta que, por pouco, Dona Zaida não acaba esquecida ali no sofá.
Marçal, ao contrário, demorou-se. Tinha sido ele a armar toda aquela patacoada e, agora, sentindo-se a mais incoerente das criaturas, já não estava certo de querer prosseguir com aquilo. Remexendo as mãos uma na outra, caminhou devagar pela sala. Era comovente a austeridade em que viviam os Palumbo. Não se via um guardanapinho de crochê sobre os móveis, não se via um bibelô, um porta-retratos, um vaso com flores, nada. As paredes mostravam-se nuas de quadros, a estante era oca de livros, o chão não conhecia a brandura de um tapete. Aparentemente, tudo o que guarnecia o interior da casa de reboco crespo não avançava além do indispensável. E, em meio a tamanha sobriedade, um circo estava prestes a ser montado. Detendo-se à porta do corredor, Marçal não pôde evitar a dúvida: teria agido bem? O trabalhão dos diabos que enfrentara, primeiro convencendo os colegas a participar do esdrúxulo teatrinho, depois ajudando-os a con-

ceber um arranjo para a partitura, por fim correndo atrás da parafernália toda — gravuras, estátuas, fitas, lençol —, tudo isso ele fizera com a intenção de verdadeiramente ajudar aquela família de imigrantes? Uma resposta afirmativa teria por pressuposto que ele acreditasse no poder terapêutico da tarantela; teria por pressuposto, antes de mais nada, que ele aceitasse o dito tarantismo como um envenenamento decorrente da picada de um bicho. Mas, convenhamos, aquilo tudo não passava, na sua opinião, de uma grande ingenuidade. Portanto, era preciso baixar a máscara de bom samaritano: se estendera a mão àquela gente, fizera-o em proveito próprio. A intenção, desde o início, sempre fora uma só: forjar um pretexto para chegar perto de uma moça que, vá saber por que, há meses empatava-lhe os pensamentos. No fim das contas — riu-se Marçal, com amarga ironia —, ele não tinha razão alguma para considerar-se um ser humano superior a Regina. Não passava, ele também, de uma criatura de espírito estreito, pronto a pisotear o outro sem ao menos perceber, tal a cegueira a que o condenavam os seus apetites.

No fundo do corredor, Girolamo esticou a cabeça para fora do quarto:

— Marçal, o que faz aí parado? *Vieni presto, per favore!* Estamos por começar.

Lá dentro, tudo estava conforme descrevera o velho, mas a cena — vista assim, na sua concretude — tinha um impacto mil vezes maior. Ali estava o enorme lençol espalhando a sua brancura pelo assoalho, as fitas vermelhas e amarelas penduradas por toda a extensão do teto, as imagens de São Paulo posicionadas nos mais inesperados lugares. De modo a fazer espaço, a cama fora posta na vertical e encostada a uma parede do aposento, sendo que outra mobília parecia não haver. Assim, sem muito acotovelar-se, aquelas pessoas podiam compor o círculo à volta do lençol. Girolamo havia sido enfático ao explicar a Marçal a importância do círculo: a tarântula precisava sentir-se encurralada. Justamente por isso o italiano pedira ao amigo que trouxesse a senhora sua mãe e também a *dottoressa* Regina. Reconhecia que, mesmo com a presença das duas, o cerco à perversa aranha seria ralo se comparado àquele que conseguiam formar em Leuca. No entanto, o que fazer? Não podiam expor a desgraça da menina a pessoas em quem não tivessem confiança.

Vendo que o rapaz não transpunha o umbral da porta, Girolamo tomou-se de impaciência:

— Depressa, Marçal! Tome logo o seu lugar! *Non abbiamo tempo da perdere.*

Sem alternativa, o pianista pediu licença e tratou de assumir a posição indicada pelo velho. Bem no centro do círculo, lá estava ela, de borco, imóvel. Vestia um camisolão cujo branco misturava-se ao do lençol, e a perna esquerda mostrava-se retorcida de um jeito tal que só podia estar quebrada. Ironia: tanto ele quisera aproximar-se daquela moça, tanto a espreitara e estudara, camuflado pelas lâminas da persiana ou pelo orelhão da esquina, e agora não conseguia manter os olhos em cima dela. Desistindo, passou a examinar, um a um, os seus companheiros de círculo.

Zé Rubens, violino já encarapitado no ombro, investigava tudo com uma atenção que lhe transformava os olhos em vidro. Emílio, por sua vez, tentava aparentar naturalidade, mas suas mãos moviam-se sem propósito sobre a pele do tambor. Ao lado dos dois, lá estava Regina, dominada por uma excitação que, a qualquer momento, escorreria viscosa pelo canto da sua boca, e a seguir vinha a inocente Zaida, exibindo um sorriso bastante tranquilo, ou assim parecia, a julgar pelo pouco que se podia distinguir debaixo de tanto batom. Na sequência da roda, surgiam Girolamo e Mafalda, ele segurando o que seria, provavelmente, a tal garrafinha de água milagrosa, e ela agarrada à estatueta de São Paulo como se, a qualquer momento, fossem tentar arrancá-la de suas mãos. Todavia, quem realmente se destacava naquele círculo eram as filhas mais velhas dos Palumbo: tanto Francesca como Simona já não eram jovenzinhas, e isso, somado ao biotipo agrandalhado e pesadão que as duas tinham em comum, recomendava que, pelo amor de Deus, não estivessem vestindo aqueles repolhudos saiões brancos, ou, ao menos, que não houvessem atado os cabelos em inexplicáveis marias-chiquinhas.

Diante de um tal nonsense, Marçal sentiu uma vontade inegociável de pedir desculpas. Quis dizer a todos ali que fossem cuidar de suas vidas — a coisa não passara de um mal-entendido. Mas antes que ele pudesse tomar uma atitude, Emílio e Zé Rubens, obedientes ao *uno--due-tre* entoado por Girolamo, atacaram com vontade a melodia da tarantela, e logo as pessoas à volta do lençol batiam palmas ritmadas, enquanto Francesca e Simona trepidavam suas corpulências na coreografia da dita *pizzica*. Por um instante, Marçal sentiu-se estonteado. Tudo ali parecia fora de lugar, um delírio, um sonho desses em que elefantes voam, poltronas falam, prédios caminham. A situação talvez fosse menos inquietante se as duas irmãs se limitassem aos saracoteios e pulos, mas o pior era que, de quando em quando, elas interrompiam a doideira e estalavam contra o chão os enormes pés descalços, o que fazia trepidarem não apenas as tábuas do assoalho, mas também os nervos de Marçal. Horrorizado, lembrou-se do que lhe explicara o velho Girolamo: a gana de um pisão assim vigoroso tinha por objetivo encorajar a tarantata a esmagar a tarântula, persuadi-la de que era possível vencer o mal que a envenenava. Se aquela explicação pouco convencera quando ouvida, ela agora conseguia a proeza de soar ainda mais tola. Sentindo que o calor começava a umedecer-lhe o pescoço, o rapaz abriu às pressas o botão do colarinho e, nisso, percebeu Girolamo a encará-lo cheio de interrogação. Não admirava, pois o seu comportamento não era o de alguém que estava participando de uma tarantela. Sem coragem de frustrar o velho, começou a bater palmas, e a falta de entusiasmo não evitou que ele sentisse raiva de si mesmo: aplaudir parecia-lhe, naquele momento, a mais imprópria das atitudes.

Passou-se um tempo considerável, não o bastante, porém, para que Giuseppina esboçasse alguma reação. Os integrantes do círculo prosseguiam cada qual com seu papel, conquanto agora, volta e meia, trocassem entre si olhares algo apreensivos. Respirava-se com dificuldade naquele quarto, e não poderia ser diferente, considerando-se que a única janela achava-se fechada e que as duas irmãs, de tão arfantes, deviam estar consumindo todo o oxigênio disponível no ambiente. De todos ali, apenas

Zaida Quintalusa mantinha-se em crescente animação, as mãozinhas felizes decerto seguras de que nunca antes houvera uma festa de aniversário assim tão bonita.

Vendo que as filhas, já rubicundas, começavam a relaxar nos movimentos, Mafalda as estimulava aos gritos:

— *Forza, Simona! Fai del tuo meglio, Francesca!*

Depois, dirigindo aos instrumentistas uma careta de desaprovação, berrava-lhes:

— É preciso pôr *più anima nella musica!* Mas será possível que os brasileiros *non* saibam o que significa *anima*? — E Emílio e Zé Rubens, a paciência já nas últimas, procuravam Marçal com os olhos, deixando claro que só umas cervejas não bastariam para indenizá-los por tamanha roubada.

Até que, muito devagar, Giuseppina começou a mover-se. Para a surpresa de qualquer traumatologista, aquela sua perna parecia íntegra, tanto que, depois de recolhida da impossível posição, já sustentava o peso do corpo. De fato, Giuseppina estava agora de cócoras. Do rosto, nada se conseguia enxergar, e isso graças aos cabelos que, com sua fartura desgrenhada, cobriam não apenas a face da menina, mas também os ombros, o peito, as costas, o que dava a ela a aparência de uma moita de escura folhagem.

Com cerimônia na voz, Mafalda inquiriu:

— *Giuseppina Palumbo, mi ascolti? Hai ancora il veleno della tarantola dentro di te?*

Mesmo que o rosto da jovem continuasse encoberto, logo se pôde adivinhar a expressão das suas feições. Realmente, a fisionomia de Giuseppina não podia ser outra senão de delícia, a julgar pela gargalhada prazerosa que, de um momento para o outro, explodiu dentro do quarto. E dito e feito: quando ela, já de pé, afastou a cabeleira para o lado, todos ali puderam ver o deleite lascivo que amolecia cada um dos seus traços.

    Desconcertado, Marçal atrapalhou-se com as palmas e, não demorou, suas mãos eram as mãos de uma estátua. Onde estava a moça que ele vira no outro lado da rua? Onde aqueles olhos de um negrume melancólico, olhos em que todas as tristezas do mundo haviam desistido de chorar? Quem agora estufava o peito em meio ao círculo era uma mulher em cujo corpo tudo subira à superfície da pele, um vesúvio em violenta erupção, e aquela lava toda, escapando-lhe assim pelos poros, pela boca, pelas ventas, exuberava também de seus olhos, borrando neles a poesia que um dia fascinara Marçal.

    Do nada, a mulher soltou-se a dançar, e era tal a fúria dos movimentos que o círculo cresceu: quem podia deu um passo para trás; quem não podia grudou-se contra a parede. Saracoteios, giros, acrobacias, saltos. Em coisa de minutos, o lençol de alvura impecável, o lençol que Mafalda pusera a quarar por três dias seguidos, já apresentava manchas, algumas vermelhas, denunciando o sangue que agora escorria pelas pernas de Giuseppina, outras de um tênue amarelado, sugerindo que aquele suor todo a brilhar em seu corpo carregava em si, em alta concentração, algo mais do que simples água.

    E a tarantela brasileira enfiou-se noite adentro. Sempre que calhava uma pausa na música, por breve que fosse, Emílio e Zé Rubens não perdiam a oportunidade de olhar, ostensivamente, para os seus relógios, dando a entender que a boa vontade e o desprendimento tinham lá os seus limites. Francesca e Simona, por sua vez, mesmo que agora se alternassem na canseira da *pizzica*, aparentavam estar a um passo de uma síncope, impressão talvez reforçada pelo escangalho a que estavam reduzidas as marias-chiquinhas.

Sim, era tempo de pôr termo àquela sandice, e Marçal, apreensivo, olhou para a mãe. Sentada agora num banquinho, Zaida parecia até bem disposta, balançando, a cada bater de palmas, os pega-rapazes espiralados, mas a verdade é que ela, numa hora dessas, deveria estar na cama, com o sedativo a esfumar os seus assombros senis. Por outro lado, Mafalda e Girolamo já haviam esgotado, pelo visto, todo o arsenal de salamaleques, litanias e pajelanças. Se pretendiam prolongar aquela doideira até o momento em que Giuseppina tombasse exausta sobre o lençol, eles que o fizessem por conta própria. Do contrário, o Seu Rúdi, na manhã do dia seguinte, teria de se desdobrar em desculpas com as mães dos alunos de três dos seus professores, e o pobre homem — era certo — iria atacar-se do fígado, o seu rosto ganhando aquela cor de mijo, e todo o estoque de flaconetes não bastaria para acalmar tanta bilirrubina.

Resoluto, Marçal abandonou o seu lugar na roda e aproximou-se do velho, pronto a sugerir-lhe, ao ouvido, que a tarantela fosse interrompida agora e retomada amanhã. Contudo, nem chegou a articular a frase. Ágil como se contasse com oito patas, Giuseppina, ao enxergar a fresta no círculo, escapuliu do quarto e desembestou a correr.

Mãos na cabeça, Mafalda Palumbo fincou os olhos em Marçal:

— *Imbecile! Allora non capisci?* O círculo da tarantela *non* pode ter nenhuma falha! Nenhuma!

Depois de um átimo de pasmaceira, todos compreenderam o óbvio, ou seja, que era preciso ir no encalço da menina. Ou por causa dos corpanzis de Simona e Francesca, ou talvez por culpa do violino e do tambor, ou ainda em razão de que Dona Zaida e Regina tinham de caminhar enganchadas uma à outra, ou por todos esses fatores combinados, o caso é que nunca a porta de um quarto pareceu tão estreita. Quando o grupo enfim alcançou a calçada em frente à casa, já era tarde demais: Giuseppina evaporara sem deixar vestígio, e nem se podia saber se ela fugira na direção do terreno baldio ou se tomara o rumo oposto.

— *Gesù Bambino!* — gemeu Mafalda, a estatueta de São Paulo engolida pelo arfar dos seios. — Por que fui concordar com tamanha *pazzia? Perchè? Non avrei mai dovuto dire sì a questa idea assurda!*

Nesse momento, ouviu-se uma voz vinda do quarto andar do Edifício Sabiá:

— Por ali! A menina foi por ali! — Era Dona Ivone, empoleirada, como sempre, em seu posto de observação.

Virando-se para Mafalda e Girolamo, Marçal Quintalusa soou categórico:

— Eu a trarei de volta. Dou a minha palavra.

E, com pernas movidas a culpa, sumiu-se a correr.

12

DURANTE TODA AQUELA NOITE, Marçal perambulou alucinado pelas ruas do bairro. As poucas pessoas com quem cruzava eram abordadas de imediato: não tinham visto, por acaso, uma moça miúda e de longos cabelos escuros, uma moça vestida com um camisolão branco em que se via, logo abaixo da cintura, uma mancha larga de sangue? Olhavam-no com desconfiança e, passado um instante, respondiam que não. Perguntou no bar do Macedo, subiu no degrau do ônibus e indagou ao cobrador, sacudiu os mendigos enrolados em seus panos e implorou que puxassem pela memória. Ninguém, entretanto, vira Giuseppina.

Deus, onde ela estaria? Teria pegado carona com algum sujeito mal-intencionado? Teria sido atropelada e levada às pressas para um hospital?

Com o coração espremido no peito, Marçal foi à delegacia de polícia e fez lavrar um boletim de ocorrência. No momento, porém, de orientar o retrato falado, embaralhou-se para descrever os olhos da desaparecida, indeciso entre o olhar libidinoso da tarantata e o olhar fosco da mocinha recém-chegada ao bairro. Cabreiro, o desenhista de plantão coçou a barba, decerto duvidando de que o rapaz à sua frente conhecesse, de fato, a criatura em questão. Antes de indignar-se, Marçal hesitou: e a conhecia?

Saindo dali, dirigiu-se ao hospital mais próximo, onde lhe deram um número de chamada que, impresso num papelzinho, acabou por despedaçar-se entre os seus dedos, tanto tempo houve para que a tal ficha fosse, repetidamente, amarrotada e desamarrotada. A situação levou Marçal a agarrar pelo jaleco o primeiro daqueles médicos esbaforidos, não conseguindo com isso senão que o fizessem preencher incontáveis formulários. Entregue a papelada, recomendaram que ele descesse até o subsolo, pois era ali que ficava o necrotério e, segundo aquela plantonista com expressão fajuta de pêsames, era preciso encarar a possibilidade.

Com o cheiro de formol ainda agarrado às narinas, Marçal inspirou fundo o ar da noite. Não tardaria que as primeiras luzes da manhã viessem desbotar aquela escuridão. Exausto e sem mais atinar com o que fazer, avistou, logo adiante, a praça do bairro. E não resistiu a fantasiar: quem sabe haveria, em meio às inscrições daquele banco de madeira, alguma pista sobre o paradeiro de Giuseppina.

Quando deu por si, tinha a face apoiada contra a superfície dura do assento, e a claridade do sol arrombava os seus olhos com pé de cabra. Por quanto tempo teria dormido? Sentando-se, esfregou o rosto com força e, num gesto já condicionado, alisou as grossas sobrancelhas, as sobrancelhas que, emendadas uma à outra, impediam-no de alcançar uma efetiva compreensão do mundo. Mas talvez nada houvesse de risível no diagnóstico proferido por Regina. Não fosse a tal obstrução do terceiro olho, quem sabe ele teria resposta para todas as perguntas que agora o torturavam. Como justificar-se perante os Palumbo? Como aparecer diante deles sem Giuseppina? Que perspectiva oferecer-lhes?

Iam nesse passo os pensamentos de Marçal quando, de repente, um silêncio ocupou o interior da sua cabeça. Arregalou os olhos, pouco importando o excesso de luz, e confirmou: no outro quadrante da praça, um vulto fazia voar o balanço de estrutura enferrujada, as pernas nuas esticando-se para frente e a seguir se encolhendo, o camisolão branco enfunando como a vela de um saveiro.

De supetão, Marçal levantou-se do banco. Transpôs à bala o campinho de futebol, passou pelo bebedouro de torneira quebrada, pulou sobre o bueiro escancarado, desviou da lixeira que cheirava a podre, tudo para alcançar, o quanto antes, aquela área de desmazelos tida como playground. Protegido na retaguarda do escorregador e com a respiração sanfonando em seu peito, ele se deteve, então, a espiar. Não se tratava de miragem: ali estava ela. E parecia alimentar-se do vento que, com o avançar do balanço, entrava-lhe pela boca.

Diante do quadro, Marçal lembrou-se de uma referência feita num dos livros que ele consultara na biblioteca: algumas tarantatas pareciam encontrar alívio em balançar-se. A constatação aconselhava que, ao organizar-se a tarantela, fosse providenciada uma corda de forte urdidura, a ser amarrada a uma viga ou a um gancho no teto, a fim de que, durante o ritual, aquilo pendesse à vista da doente. O recurso mostrava-se bem-vindo, pois propiciava que a infeliz, agarrada à corda, oscilasse na medida das suas necessidades, desafogando-se, assim, daquela ânsia tão incomum. Dizia a tradição que a tarantata, nesse momento do transe, vivenciava a experiência da tarântula suspensa em sua teia, movendo-se sobranceira ao sabor dos ventos.

    Vendo que perdia o foco, Marçal cobrou-se objetividade. Não era hora para o que diziam os livros. O importante agora era agir, e rápido. Como abordar a garota? E se saísse de novo a correr como louca? Varado de incertezas, ele refletiu, remoeu, ponderou. Tantos anos de negociações com uma mãe demente e, mesmo assim, não lhe vinha uma inspiração. Sua unha já raspara a madeira do escorregador ao ponto de descascar a tinta quando ele, impaciente, decidiu-se. Com passos carregados de cálculo, aproximou-se do balanço vizinho ao da moça, não ousando olhar para ela senão com a rabeira do olho. Acomodou-se e, dentro em pouco, também ele estava nas alturas, tirando rangidos daquelas barras de ferro. Aliviado, percebeu que Giuseppina não apenas continuava a embalar-se, mas parecia pôr um ímpeto ainda maior nas correntes do brinquedo.

    E assim ficaram os dois, lançando o peso do corpo para frente e depois para trás, espichando as pernas até tocar o sol e recolhendo-as justo a tempo de não queimar a ponta dos pés. Entregues ao vertiginoso campeonato, não lhes ocorreu que, em paralelo, estivesse sendo travada uma outra competição, a da ferrugem contra o ferro, sendo a primeira largamente favorita em relação ao segundo, tanto que, dali a pouco, rompeu-se uma das correntes, e logo o pianista estava caído lá adiante, misturado a cascalho e a tocos de cigarro.

Em circunstâncias normais, a primeira reação de Marçal teria sido a de experimentar, um a um, os cinco dedos de ambas as mãos, torcendo-os e esticando-se cuidadosamente. No entanto, como preocupar-se com a saúde das falanges se Giuseppina apeara afoita do seu balanço, se Giuseppina correra esbaforida ao seu encontro, se Giuseppina agora o olhava tão cheia de apreensão?

Levantando-se o mais rápido que podia, ele mal deu conta de estapear a roupa. Pois eis que, diante de si, estava a moça que não lhe saía do pensamento. De fato, nada em seu rosto denunciava aquela mulher da noite anterior, a mulher que entrara em erupção no centro do círculo da tarantela. E como eram perturbadores os olhos! Uma ausência absoluta de luz. Nunca imaginara que a beleza de um olhar pudesse explicar-se justamente por algo que nele não há.

Mas não podia continuar a encará-la desse jeito apatetado.

— Foi nada — disse ele, odiando-se pelo sorriso canhestro.

Em resposta, Giuseppina anoiteceu ainda mais os olhos. Pelo visto, reconhecera o vizinho. E parecia intuir que ele estava ali para levá-la embora, para devolvê-la às correntes e ao cadeado, para condená-la aos respingos de água milagrosa e à repetição sem fim das ladainhas. Marçal envergonhou-se. Quisera jamais ter feito promessa alguma aos Palumbo.

— Por favor, não se assuste. — Mas Giuseppina, que acabara de dar um passo para trás, recuou ainda mais.

A qualquer momento, ela poderia escapar em disparada. Bastava uma palavra fora de encaixe, um gesto dúbio, um olhar de viés. Para mascarar o nervosismo, Marçal fingiu interesse pela corrente que se havia partido. Caminhou de volta até os balanços e, testa franzida, pôs-se a examinar o elo que a ferrugem corroera.

— Você reparou? Tudo aqui está no maior abandono.

Só os poucos pardais que frequentavam a praça opinaram a respeito. Marçal inquietou-se: e se a garota não fosse capaz de compreender o português? Embora vivesse no Brasil há mais de ano, o fato é que a pobrezinha era mantida confinada na casa de reboco crespo, e ali dentro — pelo que ele pudera apurar na noite anterior —, não havia sequer um aparelho de rádio.

Na dúvida, o jeito era seguir tentando:

— Quando criança, eu vinha seguido a esta praça. Tudo parece original: as gangorras, o gira-gira... — e Marçal, vendo que Giuseppina agora olhava obstinada para os próprios pés, aproveitou para vistoriar o estado em que ela se encontrava.

Até onde ele podia perceber, a mancha de sangue no camisolão estava escura, sinal de que a hemorragia, provavelmente, teria cedido.

— O escorregador, o trepa-trepa...

Por outro lado, os ferimentos nos pulsos e tornozelos

começavam a secar e, se deixados em paz, logo formariam casca, desde que, é claro, não infeccionassem, hipótese bastante remota, tendo-se em conta a quantidade de sujeira que se pegava ao corpo da garota.

— Os balanços, os cavalinhos de mola...

A propósito, era incrível que, em uma única noite, ela houvesse conseguido sujar-se a tal ponto. Não seria exagero supor que tivesse rolado sobre a terra úmida. E o que seria aquilo em meio ao desalinho dos cabelos? Flores? Sim, um raminho de minúsculas flores, dessas nascidas em qualquer pedaço de grama.

Esgotado o repertório de rodeios, o pianista emudeceu. E veio-lhe à lembrança, de imediato, o que lhe contara o velho Girolamo: naquele sábado, pouco antes de entrar em surto, Giuseppina anunciara a vontade de colher flores, não flores quaisquer, mas as que houvessem desabrochado no deus-dará do terreno baldio.

Armando-se de coragem, deu um passo à frente e apontou para o enfeite:

— Bonitas as flores que você pôs no cabelo. Onde as colheu?

A ofensiva, se não foi bem-sucedida, mostrou ao menos que Giuseppina era perfeitamente capaz de compreender a língua portuguesa. Sem hesitar, ela agarrou o buquezinho e puxou-o de um só golpe, jogando sobre o cascalho um emaranhado em que as flores, comparadas aos fios de cabelo, eram franca minoria. Em seguida, como se lhe tivessem removido uma venda, passou a olhar para si mesma — as mãos, os braços, as pernas —, e seu rosto foi ganhando, aos poucos, uma expressão repugnada.

Percebendo que o desconforto crescia anormal dentro da moça, Marçal quis ajudar:

— Não dê importância.

Ela já não estava em condições de ouvir. Aparentemente, sentia-se uma estrangeira dentro de seu próprio corpo. Aquele não era o corpo que a mãe a ensinara a ter. E Marçal, assistindo à angústia que se apoderava da garota, sentiu vontade de esbofetear Mafalda Palumbo.

Com respiração acelerada, ela passou a friccionar braços e pernas, mas, não conseguindo limpar-se a contento, logo raspava as unhas sobre a pele, e o ruído fez Marçal decidir-se a intervir de forma mais concreta. Indicando o bebedouro, propôs que caminhassem até ali: embora a torneira estivesse quebrada, a água vertia abundante de um cano.

Depois de fazer a mão em concha e de ensopar braços e pernas, depois de molhar a ponta do camisolão e de esfregá-la mil vezes ao longo da pele, Giuseppina parecia menos aflita. Ainda havia, porém, aquela enorme mancha vermelho-escuro. Esticando o tecido do camisolão em toda a sua largura, a italianinha agora examinava o sangue, e Marçal prendeu a respiração. Antes que ela inventasse de — sabe lá — despir-se ali mesmo, ele agiu rápido:

— Talvez você esteja precisando de um vestido. Olhe, naquela segunda rua à direita, há uma loja de roupas femininas. Vamos até lá. Eu ficaria feliz de dar-lhe um presente.

Giuseppina encolheu-se de receio. Contudo, a necessidade de vestir uma roupa limpa parecia atrelar-se, naquele momento, à sua própria sobrevivência.

De fato, não se passou muito tempo e saía a italianinha, toda encabulada, de dentro do provador da butique. Chamado pela vendedora a opinar, Marçal desconcertou-se: apesar do corte simples e da estampa trivial, apesar do preço em nada absurdo para o bolso de um reles professor de piano, aquele era, sem dúvida, o vestido mais bonito que ele jamais vira. Estranho que, no manequim da vitrine, a mesmíssima peça ostentasse, ainda há pouco, um ar tão sem graça. Tentando disfarçar o encantamento, ele fingiu interessar-se pelos demais artigos em exposição na loja. E lembrou que, escolhida a roupa, era preciso providenciar um belo par de sapatos. Prontamente, a vendedora fez descer da prateleira umas quantas caixas de papelão, e Giuseppina, rendendo-se à insistência da mulher, acabou concordando em experimentar aquelas sandálias de salto alto; bastaram, porém, dois ou três passos pelo interior do estabelecimento para que logo se formasse um consenso em torno das sapatilhas de sola rasa. Penitente, Marçal censurou-se por ter permitido o desengonçado desfile: estava claro que a filha caçula do arpoador, habituada a bater polvos contra as rochas de Santa Maria di Leuca, nunca havia caminhado sem encostar no chão a planta inteira do pé.

Ao deixarem a loja, Marçal viu-se a andar satisfeito ao lado da jovem. Que dia bonito! Havia, entretanto, um problema: a rua onde os dois moravam ficava na direção exatamente oposta, e era ridículo que Marçal fingisse não perceber. Sim, por mais que lhe doesse, precisava cumprir a promessa feita aos Palumbo. Afinal, tinha sido ele a abrir a fresta no círculo da tarantela, e agora lhe tocava remediar o estrago. Todavia, depois de tudo o que ele lera na biblioteca, como alinhar-se àquelas pessoas de visão tacanha? Como referendar que acorrentassem Giuseppina e que a alvejassem com ladainhas e respingos? Verdade que o faziam com a melhor das intenções, mas — alto lá — isso não os autorizava a repristinar a Idade Média em pleno século XX. Alterado, Marçal procurou controlar-se. Não podia esquecer-se das lágrimas sofridas que o velho Girolamo chorara na sua frente. E que dizer da alegria infantil a iluminar o rosto do italiano quando percebeu que o vizinho lhe oferecia ajuda? Cada vez mais confuso, Marçal coçou a têmpora: era preciso policiar-se contra a prepotência. Não podia considerar-se um doutor em tarantismo só porque, numa tarde de curiosidade, fuxicara em meia dúzia de livros. Ademais, nada impedia que, devolvendo a filha aos Palumbo, ele permanecesse alerta, buscando sempre ajudar. Resignado com aquele meio-termo, Marçal preparou-se para propor, a contragosto, a mudança de rumo.

Mas lhe veio, então, a ideia: e se levasse Giuseppina para um passeio pelo Centro da cidade? Comprometera-se com os Palumbo a trazer-lhes a filha de volta, mas não estaria quebrando a promessa se, antes disso, mostrasse à menina um pouco do que há para ser visto. Por certo, Giuseppina não tinha a menor noção acerca do mapa da cidade de São Paulo, ao ponto de acreditar, talvez, que o bairro acanhado onde viviam coincidisse com a área urbana central. Pobre Giuseppina — o único centro que ela de fato conhecia era o centro do círculo da tarantela.

Determinado, virou-se para a moça:

— Você gostaria de conhecer o coração de São Paulo?
Como se aproximassem de uma parada de ônibus, ele não esperou resposta. Dedo no ar, evitou refletir sobre o que estava fazendo. E paciência se aquelas palavras — ditas assim, na pressa — tivessem criado em Giuseppina uma expectativa equivocada.

13

A BORDO DO ÔNIBUS, rumaram os dois para longe daquela periferia. E, à medida que as ruas se adensavam de carros e pedestres, de letreiros e marquises, de fumaça e confusão, Marçal percebia que Giuseppina, paradoxalmente, tornava-se mais serena. De fato, nos primeiros quilômetros do longo trajeto, ela mantivera os olhos baixos, mordendo os lábios com uma insistência de, a qualquer momento, fazê-los sangrar. Entretanto, quando a Pauliceia começou a desvairar-se pela janela do coletivo, Giuseppina, pouco a pouco, foi se permitindo espiar para fora, até que, de repente, ela já não tirava os olhos dali, e era como se aquela visão lhe trouxesse, de alguma forma, um pouco de alívio. Intrigado, Marçal tentava compreender. A agitação das ruas parecia legitimar a agitação que a garota trazia dentro de si.

Desembarcando no terminal, saíram a esmo. Contudo, já na primeira esquina, Marçal sentiu um desconforto: em meio ao fervo metropolitano, era grande o risco de extraviar a moça. Executivos, ciganas, compradores de ouro, hare-krishnas — os tipos eram tão sortidos que, naquele caldo, uma tarantata sequer despertaria interesse. Torturado por um formigamento na mão, Marçal sabia exatamente o que fazer. No entanto, e se Giuseppina o interpretasse mal? Enquanto hesitava, notou que atravessariam, logo adiante, uma avenida em que os carros zuniam. Num rompante, mandou ao diabo o receio de ser invasivo. Agarrando Giuseppina pelo pulso, resolveu que formavam, ele e a italianinha, um casal de intrépidos bandeirantes, comparáveis àqueles que, três séculos atrás, haviam pisado aquele mesmo chão, com a diferença, porém, de que não estavam ali para desbravar o interior de um país, mas sim para desbravar o interior um do outro.

Foram horas e horas de caminhar e de apontar o dedo, de falar e de ouvir. Monumentos, parques, igrejas, arranha-céus. A um certo ponto, constatou o pianista que a cidade, estranhamente, não apresentava a sua proverbial coloração cinzenta; aliás, longe disso: tinha-se a impressão de que, lá no alto, alguém peneirava ouro em pó sobre a Terra, pois havia, aqui e ali, um quê cintilante e precioso. Loucura? Marçal sorriu condescendente consigo mesmo. Há tempos que ele não enxergava beleza à sua volta. Se agora resvalava num lirismo talvez excessivo, que o desculpassem — era natural lambuzar-se com o melado quando o seu gosto já estava esquecido. Feliz sem saber por quê, o pianista respirou fundo, e talvez nunca a poluição paulistana tenha sido tão benfazeja à saúde de alguém.

E, naquele dia — um dia letivo como outro qualquer —, os alunos do professor Marçal Quintalusa não exercitaram as suas costumeiras escalas de dó. Acentuou-se o amarelão no rosto do Seu Rúdi, e o telefone tocou umas quantas vezes no apartamento 504 do Edifício Sabiá. Sem mais saber o que dizer ao diretor do conservatório, mas ciente de que o pobre homem sofria do fígado, Regina receitou-lhe cápsulas de jenipapo — e ficasse tranquilo, pois, do outro lado do aparelho, estava uma profissional da área médica.

De fato, dar uma satisfação ao Seu Rúdi sequer passara pela cabeça de Marçal. O que o preocupava eram os Palumbo. A eles sim é que tinha o dever de prestar contas. Nada mais cruel do que mantê-los naquela aflição, sem notícia alguma a respeito da filha, quando tudo poderia ser resolvido num instante, com um simples telefonema — e a culpa, a cada orelhão que surgia à frente do pianista, tornava-se mais intensa. Qualquer que fosse a motivação dessa imperdoável inércia, Marçal não se via em condições de, com clareza, definir. Talvez temesse minar a confiança que, a conta-gotas, estava conquistando junto a Giuseppina. Talvez o apavorasse a possibilidade de uma correria ensandecida, algo que, dado o vaivém de automóveis, acabaria fácil em tragédia. O mais provável, todavia, é que ele estivesse apenas remanchando, ingênua tentativa de protelar o momento em que aquela mãozinha assustada já não mais estaria dentro da sua. Tantas coisas ele ainda não mostrara a Giuseppina e, no entanto, a realidade era essa: em breve, ela seria devolvida à casa de reboco crespo. Aquele passeio luminoso, agora que o entardecer já vinha caindo, estava prestes a acabar. Entristecido, Marçal observou-a de viés. Cinderela inverossímil essa que ali estava, com seus cabelos negros e olhos noturnos, com seu vestidinho de flores banais e sapatos de pé esparramado. E, ainda assim, quanta vontade de tomá-la pela cintura e de dançar com ela, quanta vontade de rodopiarem juntos para bem longe deste mundo, um mundo feito de correntes e de cadeados, um mundo em que os círculos não possuíam frestas.

Sentindo-se um avestruz a enterrar a cabeça no chão, Marçal encarou Giuseppina:

— Você não está com fome?

O caso é que haviam passado o dia inteiro a bater pernas pela rua, e só agora o pianista percebia que estavam, os dois, de estômago vazio. Como circulassem nas proximidades do piano-bar onde ele se apresentava nas noites de quarta e sexta-feira, sugeriu que fossem até ali. Na sua opinião, faziam o melhor bolinho de bacalhau da cidade.

Àquela hora, contudo, o local ainda não abrira para o público. Só mesmo em consideração ao fato de Marçal ser prata da casa é que o garçom, com a borboleta ainda solta no pescoço, permitiu que ele entrasse com a garota. Foi logo avisando, porém, que a função na cozinha estava ainda em marcha lenta; se queriam não mais que uns chopes, sem problemas.

Enquanto os dois se acomodavam à mesa que, de todas, era a mais resguardada, o garçom, espiando à porta da cozinha, cutucou o colega que secava copos. Pois quem diria? Aquele tipo taciturno, que pouco mostrava os dentes, com cara de quem tinha visto passarinho verde. O outro, após esticar o pescoço, concordou, e vinha mesmo a calhar que o rapaz enfim aparecesse com uma namorada. Nesse meio artístico, não eram meia dúzia os afrescalhados.

Dali a pouco, Marçal viu aproximar-se o garçom que lhes abrira a porta. Se o sujeito antes parecia meio azedo, agora exibia um sorriso matreiro.

— Pode até demorar, mas a porção de bolinhos — garantiu — vai sair no capricho. — E só tornou a afastar-se depois de, cúmplice, piscar o olho para o pianista.

Constrangido, Marçal tomou um gole do chope recém-colocado à sua frente. Comentou qualquer coisa sobre a decoração do ambiente, alisou a toalha que cobria a mesa, trocou de lugar o cinzeiro. Ocorreu-lhe, então, uma ideia:

— Não saia daqui — pediu à moça, com entusiasmo.
— Quero apresentar a você um grande amigo meu.

Deixando-a sozinha à mesa, dirigiu-se ao pequeno palco que ficava a poucos metros dali. O garçom, ao vê-lo abrir o tampo do instrumento e recolher o trilho de feltro, gritou-lhe em tom de troça:

— Não se dê o trabalho, Quintalusa. Você sabe muito bem que aqui não pagam hora extra.

O rapaz respondeu que não tinha importância: tocando de graça é que se sentia pago com a moeda justa. E pôs-se a executar uma peça de Bach. Na sequência, vieram Beethoven, Mozart, Schubert, Albinoni, e os dois garçons até estranharam, pois o gênero musical, nas noites de quarta e sexta-feira, era outro.

Até que, de repente, Marçal travou os dedos sobre o teclado. E se tocasse a suíte? Um sutil estremecimento percorreu cada milímetro de suas mãos. Jamais ele se aventurara a executar em público a peça que há tempos vinha compondo. Para começo de conversa, não estava sequer acabada. Verdade que a pendência referia-se apenas ao último movimento, mas aqueles eram, justamente, os acordes de maior importância. Meses e meses sem que o alinhavo das notas progredisse, e a pauta, a todas essas, já estava uma verdadeira lambança, tal a raiva com que Marçal esfregava ali a borracha, tudo para reescrever o que, em seguida, seria de novo apagado. Por quanto tempo mais ele estaria a patinar desse jeito? O fato é que precisava ter paciência. Aquela composição — ele gostava de assim pensar — seria a obra da sua vida. Para conceber a melodia, o arranjo, os compassos, ele estava ordenhando a própria alma. Aliás, isso talvez explicasse tamanha resistência sua a executar a suíte longe da privacidade do seu quarto: feria-lhe o pudor ter o avesso exposto às demais pessoas. Entretanto, quem eram, no presente momento, essas pessoas? Além dos dois garçons cuja existência era discutível, apenas Giuseppina encontrava-se ali. E, por alguma tola razão, ele ansiava por mostrar-lhe a sua música, mesmo intuindo que a italianinha, com os ouvidos estragados pela martelação das tarantelas, pouco ou nada apreenderia.

Sentindo que as mãos agora latejavam, Marçal procurou o rosto de Giuseppina. E, mesmo à distância, jurou ver nos olhos da moça aquela mesma escuridão, a escuridão que, na manhã de um dia já distante, avançara sobre ele e roubara-o de si mesmo.

De iniciativa própria, seus dedos começaram a se movimentar sobre as teclas, e o ambiente do piano-bar, dali a pouco, pareceu encolher: aquelas notas musicais tinham, na sua imponência, algo de inquietante. Por um momento, o garçom que secava copos interrompeu o vaivém do pano, enquanto o outro, que vinha da cozinha com mais uma porção de bolinhos de bacalhau, estacou no meio do caminho, a bandeja suspensa no ar. Mesmo eles, que assistiam às apresentações do rapaz duas vezes por semana e que, como todos na casa, sabiam-no talentoso, nunca haviam experimentado tamanha admiração ao ouvi-lo tocar. Aquela música, de fato, parecia enfiar-se não apenas nos ouvidos das pessoas, mas também na carne, nos nervos e, se facilitar, até nos ossos.

— Credo! — reclamou o dos copos.

— Mas não parece? — insistiu o da bandeja.

Quando Marçal fora contratado, e lá se iam quase cinco anos, os dois cedo perceberam que o rapaz, apesar da pouca idade, não se comparava aos demais pianistas que já haviam subido naquele palco. Outros quinhentos, opinara um deles; outro departamento, concordara o colega. Houve mesmo uma noite em que a dupla, vendo enfim desocupada a última mesa, encorajou-se a abordar o novato. Qual era o segredo? Como ele fazia para que as notas saíssem do piano assim diferentes? Marçal ergueu-lhes um rosto carregado de cansaço. Parecia não saber o que responder, mas então disse aquilo, e seria melhor ter ficado quieto, pois foi o mesmo que dizer coisa nenhuma. Lembrando agora o episódio, o garçom dos copos indagou ao da bandeja:

— Qual era mesmo a tal palavra? — E arriscou: — Centopeia? Epopeia?

— Não. Algo por aí, mas, pelo que lembro, começava com a letra "o". Onomatopeia?

— Isso.

Segundo Marçal, o segredo talvez estivesse em emancipar o dó, o ré, o mi e todas as outras notas musicais da sua reles condição de onomatopeia, dando a elas uma dimensão maior, dando a elas a grandeza devida e tantas vezes sonegada. Contudo, o que quer que o rapaz tenha querido dizer com aquilo, os dois garçons, à época, não conseguiram compreender, nem mesmo agora vendo sentido na tal conversa. Só estavam certos quanto a uma coisa: a música que, nesse momento, espalhava-se pelo recinto transpunha dentro deles uma fronteira qualquer, uma fronteira que era difícil de situar. Derrotados, os garçons deram de ombros, e o pano voltou a friccionar os copos, e os bolinhos de bacalhau enfim se encaminharam para a mesa onde estava a moça.

Passado algum tempo, a suíte alcançou, como era de se esperar, o seu último movimento, especificamente o ponto em que Marçal já tentara milhares de acordes, todos os compassos possíveis, todas as claves — tudo, porém, revelando-se lixo, pois não era a tradução exata do que lhe ia na alma. Empacando as mãos sobre o teclado, ele inspirou o máximo de ar que o seu peito era capaz de admitir. E, sem pensar muito a respeito, decidiu ir adiante.

Testou um acorde, depois outro, um arpejo, depois outro; renovou hipóteses já descartadas, deu chance a arranjos pouco usuais. Nesse aventurar-se, movia-se com muita cautela e vagar, às vezes reorganizando, de última hora, a posição trêmula dos dedos, às vezes chegando a premer uma tecla para, em tempo, voltar atrás. A bem dizer, era como se aquele caminho branco e preto fosse um terreno de subterrâneo perigoso, algo semelhante a um campo minado. Tateando assim entre a vida e a morte, Marçal mergulhou em uma concentração profunda, tão profunda que, a certa altura, ele se esqueceu de que estava no piano-bar, mas tampouco era o seu quarto o ambiente onde ele se encontrava: Marçal instalara-se, por assim dizer, dentro de si mesmo. E passou-se o tempo. E os garçons já tinham a borboleta firme no pescoço, e as luzes de neon já haviam sido acesas, e a freguesia começava a chegar, mas não importava, pois ninguém ali ousaria tocar no ombro do pianista para lembrá-lo de que hoje era quinta-feira, dia em que — estava no programa — deveria apresentar-se o trio de flautistas. Reverentes, todos acompanhavam o desenvolver-se daquele parto. Ré bemol com fá sustenido, dó sustenido com mi bemol, e a suíte avançava, as notas combinando-se, cheias de incerteza, umas às outras. Tamanha era a tensão do pianista que a sua camisa já mostrava desenhos largos de suor. Mais alguns erros, mais alguns acertos, e aquele receio todo parecia temperar-se, aos poucos, de uma certa confiança, depois até — seria possível dizer — de umas pitadas de audácia, chegando mesmo o momento em que os acordes começaram a impor-se óbvios, como se jamais tivesse sido possível cogitar de outros. Maravilhado, Marçal via a sua composição bater asas e alçar voo, transportando-se para além daquele palco de dimensões acanhadas, para além daquele piano-bar de reputação nenhuma. E ele sentiu, por um instante, que flutuava junto com a música, sentiu que ia para longe, bem longe dali, lá onde não havia nem Regina, nem Seu Rúdi, nem demência, nem subúrbio, nem alunos medíocres, nem lista de supermercado. Não havia vidas jogadas fora. Pressentindo o efêmero da sensação, Marçal fechou os olhos com todo o cuidado. Um segundo a mais daquele ópio valia mais do que toda a eternidade.

14

DEPENDESSE DO PIANISTA e de seu caráter reservado, os funcionários do piano-bar jamais saberiam que ele tinha uma mãe idosa e doente. Se estavam inteirados quanto ao fato, era graças a Regina, que, contrariando as instruções de Marçal, telefonava para a casa noturna a dois por três, sempre munida de algum pretexto: Dona Zaida cismava em dormir com capa de chuva, Dona Zaida tinha sido picada por um mosquito, Dona Zaida estava fazendo manha para comer a sopa. Nessas ocasiões, a enfermeira desmesurava-se em fornecer detalhes, pouco importando quem houvesse atendido a ligação. A prosa vingando, ela chegava mesmo a esquecer qual fora o mote do telefonema.

Naquela quinta-feira, porém, Regina demonstrava sincera preocupação acerca do estado de sua paciente, e o garçom, do outro lado da linha, não demorou a perceber. Falando depressa, a mulher insistia para que chamassem Marçal o quanto antes, e graças a Deus que conseguira enfim localizá-lo.

Sentado em sua banqueta, o rapaz já não tirava som do instrumento, o que encorajou o garçom a aproximar-se. Antes de tocar-lhe o braço, não resistiu à curiosidade e espiou: eram notas musicais aquilo que o pianista, com tamanho desespero, escrevia num guardanapo de papel.

— Quintalusa, desculpe incomodar, mas é telefone para você. Da parte da senhora sua mãe. Parece coisa importante.

Com dentes que mordiam uns aos outros, Marçal dirigiu-se ao balcão onde estava instalado o aparelho. Qual seria a besteira da vez? Enganou-se, e quem estava ali perto viu o seu rosto transfigurar-se.

Em suma, Zaida parecia ter reencontrado, na maçaroca dos seus neurônios, o fio da meada. Continuava a ignorar o próprio nome e a comentar disparates, mas o estranho é que recobrara, por alguma misteriosa razão, o dom artístico. De fato, Marçal precisava ver aquilo: a mesa da cozinha estava repleta de lindas esculturas vegetais.

E o pianista ficou sabendo que, tão logo ele saíra à procura da moça, a velha Mafalda, de tão abalada, botara a correr os dois instrumentistas, o que estimulou a enfermeira a, rapidinho, puxar pelo braço a sua paciente. Total, já era mesmo tarde para que uma senhora idosa andasse a zanzar pela rua. Entraram as duas em casa, despojaram-se dos seus respectivos xales e bolsas, e logo ficou claro para Regina que Dona Zaida apresentava uma estranheza qualquer: esfregando as mãos, ela caminhava para um lado e outro da sala, os olhos com um brilho tal que neles não se via nem sombra da catarata. Tamanha agitação, pensou a enfermeira, devia estar relacionada ao adiantado do relógio, sem falar que os acontecimentos daquela noite tinham fugido bastante à rotina tranquila da vovozinha. Decidida a dobrar a dose do remédio, Regina dirigiu-se ao banheiro, ali não demorando nem dois minutos, mas foi o suficiente para que a mãe de Marçal se sentasse à mesa da cozinha e, faca na mão, desse vida nova a uma beterraba. Estática, a enfermeira olhava para aquilo sem acreditar: uma rosa fartamente desabrochada, eis no que se transformara o legume, e os comprimidos que seriam ministrados à doente acabaram rolando pelo chão.

Durante toda aquela noite, não houve meio de deter Zaida Quintalusa. Cenouras, pepinos, batatas e quiabos ascenderam, surpresos, à condição de colibris, princesas, borboletas e violinos. Embora Regina sequer conhecesse Dona Zaida na época em que faziam sucesso as suas criações vegetais, podia assegurar, pelo que vira em fotografias, que aquelas esculturas nada ficavam devendo às de então. Eram, de fato, perfeitas. No entanto, a madrugada já ia funda, e a vovozinha precisava descansar. Preocupada, Regina implorou, ofereceu recompensa, fez chantagem — tudo em vão. E quando, aproveitando-se de um descuido da artista, tentou confiscar-lhe a faca, o resultado foi desastroso: usando de uma força não condizente com a flacidez dos braços, Zaida resistiu tudo o que pôde, e logo um talho estava aberto no dedo da enfermeira. Sem mais saber o que fazer, Regina deixou que o barco corresse — de todo modo, restavam na geladeira não mais que dois chuchus e meia moranga. Fez bem, pois, esgotada a matéria-prima, Zaida foi para o seu quarto e, um segundo depois, ressonava. Já era manhãzinha. Exausta, a enfermeira ainda teve forças para conferir a janela da sala: nenhuma movimentação, porém, na casa de reboco crespo. Dona Ivone, já instalada em seu mirante, virou a cabeça para o andar de cima e confirmou: tudo quieto. Diante disso, Regina recostou-se no sofá para uma merecida soneca, só abrindo os olhos quando — credo! — já passava do meio-dia. Mais que depressa, correu a ver Dona Zaida, temendo encontrá-la a escovar os dentes com a água da privada, ou a desenhar arabescos nas paredes do corredor, ou a pôr fogo na palha da vassoura. No entanto, ali estava ela, aconchegada de lado em sua cama, a cabeça apoiando-se infantil sobre a prece das mãos. Não tomara o sedativo nem coisa nenhuma e, mesmo assim — viesse ver com os próprios olhos, Marçal —, a vovozinha seguia, ainda agora, no bom do sono.

— Tem certeza de que está dormindo? — indagou o pianista, o coração à beira de romper as costelas.

— Certeza certezíssima — garantiu a enfermeira.

Mesmo assim, ele desligou o telefone com uma sensação nada boa. Jamais deveria ter permitido que a mãe participasse da tarantela. Horas e horas assistindo a um espetáculo de brutalidade e grosseria, horas e horas ouvindo uma música enervante e batendo palmas sem parar — evidente que aquilo não era programação para uma senhora de saúde já debilitada. Mas Regina, sempre ela, insistira à exaustão, lembrando que a vovozinha, afora a demência, não sofria de doença alguma, e o médico chegava mesmo a predestinar que a safada, desse jeito, dobraria a curva dos cem anos. Tanto azucrinara que Marçal, por fim, acabara concordando. Que arrependimento!

Afobado, pegou Giuseppina pela mão e, sem explicar nada a ninguém, deixou às pressas o piano-bar. Nem lhe ocorreu acertar a conta dos bolinhos de bacalhau ou desculpar-se com o trio de flautistas; em compensação, certificou-se de estar levando, no bolso, o guardanapo de papel em que registrara as notas musicais.

15

AO PÔR OS OLHOS NA ROSA feita de beterraba, Mafalda Palumbo não hesitou em tomá-la das mãos de Giuseppina. Examinou de perto aquele insólito presente e, antes de jogá-lo na lata do lixo, desferiu:
— *Vecchia pazza*.
Enquanto procurava um pano em que limpar os dedos, explicou que era pecado usar a comida para fins de brincadeira, sobretudo num país como esse, em que tanta gente passava fome. Que hoje a velha da trunfa se dedicasse àquelas perversões, era até compreensível — comportamento bastante adequado para uma criatura ruim da cabeça; no entanto, que o tivesse feito tempos atrás, quando ainda na posse das faculdades, isso ficava sem explicação. Ao menos guardasse para si os seus bizarros joguetes, em vez de empurrá-los, a título de presente, às pessoas de bem. E, pondo termo ao assunto, Mafalda mandou que a filha fosse logo trocar de roupa: não queria mais ver pela frente o vestido de *brasiliana* que lhe tinham posto em cima do corpo.

Os dias seguintes àquele transcorreram tensos na casa de reboco crespo. Por mais que Mafalda tentasse, não conseguia sentir-se de todo feliz com o reaparecimento de Giuseppina. Sim, a caçula estava de novo em casa e entre os seus; contudo, seria ela a mesma de antes? E a italiana, debruçada no tanque de lavar roupa, ensaboava as suas incertezas no camisolão de tarantata, o camisolão que fora trazido imundo dentro de uma sacola plástica, junto a flores que, pelo jeito, tinham sido colhidas na sujidade das ruas.

Segundo a percepção de Mafalda, algo ali estava fora de esquadro, e isso ela farejara já de primeira, bastara a menina cruzar a porta de entrada. Girolamo correra a abraçá-la, as faces melecando-se de choro, enquanto Francesca e Simona caíam de joelhos junto à irmã, pendurando-se em suas pernas e desfiando graças a São Paulo. Mafalda, porém, permanecera imóvel onde estava, e somente o seu olhar é que se aproximou da filha. Que vestido era aquele? E que tranquilidade era aquela em seu rosto? Sentindo as faces frias como a morte, Mafalda precisara apoiar-se no espaldar de uma cadeira.

Não era comum que o veneno da tarântula arrefecesse com uma única noite de tarantela. Aliás, todos os casos de tarantismo de que Mafalda tivera notícia demandavam que o ritual se alongasse por uma enfiada de dias, resultando que a família da doente, não raro, via-se fragilizada em suas finanças, tais eram as despesas com os músicos e com as dançarinas, sem contar os tira-gostos e o *goccetto di vino* que cumpria servir à assistência, tudo isso agravado pela oferta a ser dada à igreja. De fato, a função ia longe, tanto no suceder-se dos dias como no esvaziar dos bolsos, sendo mesmo de se esperar que, a tarantata enfim sarando, a família subisse aos céus aquele *grazie-dio* sem tamanho. Como explicar, portanto, o que acontecera a Giuseppina? Tudo indicava que a peçonha da aranha já não circulava em suas veias e, todavia, a menina fora submetida a uma só tarantela — se é que assim se poderia chamar aquele arremedo tão pouco fiel às tradições. Realmente, nada ali fazia sentido.

Esfregando o camisolão no ondulado da tábua, Mafalda Palumbo parecia determinada a aplainar a madeira, tamanha era a força do movimento. A espuma já lhe subia além do pulso, o tecido já branqueara como novo, mas a italiana não se dava por contente, e aquela obstinação vinha se repetindo dia após dia desde que Giuseppina voltara para casa.

Houve um dia, porém, em que o braço que ia e vinha ao longo da tábua estacionou abruptamente, e toda a atividade de Mafalda concentrou-se no interior da sua cabeça. Era inútil continuar fugindo à ideia que a estava rondando. Era inútil negar que, além do sangue do tarantismo, um outro sangue poderia ter se entranhado naquele pano, um sangue que, na vida de uma mulher, estava destinado a correr uma única vez. Repugnada, Mafalda mergulhou o camisolão no balde. Para evitar que boiasse na superfície, ficou a retê-lo lá no fundo, como a garantir, assim, o afogar da horrenda possibilidade.

Pois não era, em absoluto, uma possibilidade remota. Conforme relatavam os antigos, o veneno da tarântula punha, na região das vergonhas, uma coceira, e isso explicava que muitas tarantatas — bastava a família descuidar — acabassem por cair em desonra. Não por outro motivo, Mafalda sempre mantivera um cerco de espessa vigilância ao redor de Giuseppina, e tinha sido sua a ideia de, durante as crises, manter a menina acorrentada à estrutura da cama. Tanto empenho, tanta dedicação, e agora essa suspeita. *No, non era vero. Non poteva essere vero.*

Passou-se um bom tempo antes que o camisolão fosse içado da fundura do balde. Depois de torcê-lo até que dele não pingasse uma gota sequer, Mafalda segurou-o pelas pontas e, braços estendidos à frente do corpo, sacudiu-o violentamente, a bem de que pendesse de todo o comprimento.

— *Pulito, mamma?* — perguntou Francesca, aproximando-se às costas da mãe com um cesto de roupas por lavar.

Mafalda inspecionou a veste com olhos que se enfiavam na trama do tecido. Retesou as pálpebras, forçou a vista. Era incrível, mas a mancha, depois de tanta esfregação e espuma, continuava ali.

— *Scusa, mamma. Io non vedo niente* — ousou a primogênita.

Irritada, Mafalda ordenou que Francesca largasse o cesto no chão e que fosse ocupar-se de uma tarefa mais simples. Se ela não era capaz de enxergar a sombra da mancha no camisolão, evidente que a roupa do cesto acabaria mal lavada. E, antes que a filha se retirasse, aconselhou-a a redobrar a vigilância sobre si mesma, pois seria inaceitável, de todo inaceitável, que o seu olhar estivesse se abrasileirando.

— *Non ho capito, mamma.*
— *Troppa tolleranza nei confronti di quello che è sporco.*

Sim, o olhar brasileiro, segundo a italiana, padecia desse grave desvio: tolerância demais diante daquilo que é sujo.

16

Nenhum médico foi conclusivo na tentativa de explicar o que sucedera a Zaida Quintalusa. Usavam palavras difíceis, citavam teorias pendentes de comprovação, referiam testes aplicados a ratos. Lá pelas tantas, espremidos pelas indagações de Marçal, não lhes restava senão admitir que, nessa área relativa ao funcionamento do cérebro, a ciência caminhava a passos ainda tímidos.

O diagnóstico elaborado por Regina, contudo, não comportava dúvidas: a vovozinha, embora não ocupando o centro do círculo da tarantela, acabara por beneficiar-se dos efeitos desintoxicantes da cerimônia.

— Não é, sabe o que é? Basta pensar um pouco, Marçal. Em Giuseppina, o tratamento surtiu o efeito de drenar o veneno da tarântula; já em Dona Zaida, o alvo foram as toxinas que lhe atrapalhavam as ideias.

— Não diga.

— E outra: eu não me surpreenderia se a vovozinha, com umas tarantelas a mais, recobrasse não apenas o dom artístico, mas toda a desenvoltura cerebral.

Antes de fechar a porta do seu quarto, Marçal alegou o de costume, ou seja, que precisava repassar uma partitura. Em momentos como esse, em que se percebia tão cego às obviedades mais vívidas, o jeito era admitir: o tal de terceiro olho fazia uma falta dos diabos.

Fosse qual fosse o diagnóstico, o importante é que a mãe conseguira reaver parte do que lhe fora roubado pela demência. E, se não recuperara o butim inteiro, fizera-o justo quanto à fração mais poética. Sim, havia muita poesia naquelas esculturas vegetais, e Marçal precisara tornar-se adulto para, só então, reconhecê-lo. Com suas facas, mais o boleador, a espátula e o cinzel, Zaida Quintalusa libertava os legumes daquilo que deles se esperava.

Tomado de uma rara leveza de espírito, Marçal apanhou, de cima do piano, a pasta de couro gasto onde guardava as suas partituras. Na folha que, certeiro, pinçou dentre tantas, a notação musical era de seu próprio punho, e o título — escrito a lápis, grafite mal a tocar o papel — confundia-se com o invisível: *Sonata para Giuseppina*. A ideia, definitivamente, não era má.

Achegando-se à janela, afastou as lâminas da persiana. Quem dera a força do seu pensamento pudesse, nesse exato instante, trazer Giuseppina até o avarandado.

— Moça dos olhos sem luz — murmurou, desapontado. — Por que tem de ser tão difícil chegar perto de você?

Da última vez em que a vira, ela tinha nas mãos a rosa de beterraba que lhe fora presenteada pela vizinha, e a lembrança da cena invadiu Marçal de ternura. Deu-se conta, de repente, de que a solução para Giuseppina poderia estar em seguir o exemplo daquela beterraba. De fato, quanto lhe faria bem romper com a rigidez do que haviam planejado para ela, abandonar a condição sufocante de tubérculo e assumir-se como rosa, uma rosa desabrochada em todo o seu potencial. Ah, mas essa hipótese não passasse, nem de brincadeira, pela cabeça de Mafalda Palumbo. Rindo consigo, o pianista admitiu: se a velha pudesse supor que os legumes de Zaida Quintalusa possuíam essa carga subversiva, proibiria de vez que a filha comparecesse às aulas de escultura.

Marçal estava orgulhoso de si mesmo. Tinha sido ideia sua que, uma tarde ou outra, Giuseppina subisse ao apartamento 504 do Edifício Sabiá para aprender a modelar legumes. Surpreso ante aquela proposta, Girolamo ouvira o vizinho explicar que, na presença da moça, parecia exacerbar-se em Zaida a pulsão transformadora, e a artista tendia a manipular as hortaliças com um entusiasmo maior, não raro concebendo feitios que nunca antes haviam brotado de suas mãos, nem mesmo na época áurea da produção de esculturas. Tratava-se — reconheceu — de um fenômeno deveras curioso, e talvez tudo não passasse de uma junção de coincidências, mas ressaltou que, estando em jogo uma enfermidade como a demência, sobre a qual se sabia tão pouco, o que restava era incursionar pela via do pode-ser.

O argumento trabalhado junto a Girolamo, embora não tivesse objetivo outro que não oxigenar o dia a dia asmático de Giuseppina, tinha lá o seu fundo de verdade. Naquela noite em que Marçal deixara às pressas o piano-bar, a presença de Giuseppina parecia ter realmente exercido alguma influência sobre a criatividade de Zaida.

Apesar do nervosismo em que ele se achava na ocasião, o rapaz lembrava-se bem de tudo o que acontecera depois que, esbaforido, irrompera no quarto da mãe.

— Mãezinha — dissera ele, usando os intervalos curtos entre uma respiração e outra. — A senhora está bem?

Depois daquele sono que, sem o assombro de um pesadelo sequer, durara quase vinte horas, Zaida Quintalusa encontrava-se enfim desperta. Sentada à penteadeira, ela alisava fortuitamente o jérsei do vestido, enquanto Regina, apertando entre os lábios dois ou três grampos de cabelo, providenciava os retoques finais no posicionar da trunfa.

— Meu rapaz, que bom vê-lo aqui — e o modo como a idosa olhava para o reflexo no espelho traía a certeza: o recém-chegado não podia provir senão do fundo daquele túnel oval. Radiante, ela lançou a aposta: — Por certo você tem a informação de que preciso. Onde foi que aterrissou, ainda há pouco, o helicóptero dos bombeiros?

Antes que ele pudesse pensar no que responder, Regina atravessou-se:

— É como eu lhe disse, Marçal. A boca da vovozinha continua a mesma, ou seja, um chafariz de absurdos. Mas as mãos dessa danada, só mesmo Deus para explicar o que aconteceu com elas.

E a enfermeira, ávida por dar prova do que dizia, pediu que a aguardassem por dois minutos. Desceu até o apartamento de Dona Ivone e logo estava de volta, trazendo uma batata, um chuchu, uma faca pequena, uma espátula, tudo em cima de uma tábua de corte. Para fazer espaço sobre o tampo da penteadeira, afastou o estojo de maquiagens e o pote de grampos. Pronto. Agora era ver para crer.

Zaida, contudo, parecia alheia à expectativa ao seu redor. Pegou o chuchu, acariciou sem pressa a aspereza da casca, observou as linhas que lhe separavam os gomos, mas não demorou a esquecê-lo sobre o côncavo do colo. O helicóptero, salvo algum engano seu, era azul.

Rindo de olhos arregalados, Regina não conseguia disfarçar o nervoso:

— Ai, ai, ai, vovozinha! Não vá a senhora querer que eu passe por mentirosa!

Foi quando surgiu, na moldura ovalada do espelho, Giuseppina. Isso porque Marçal, ansioso por assegurar-se de que a mãe estava bem, deixara para depois a missão de devolver a italianinha à casa de reboco crespo, e a moça, decerto intrigada com o que se passava dentro do quarto, acabara por aparecer no vão da porta. Já ia se retirando, muito constrangida por ter sido flagrada, quando Zaida, pondo-se em pé, avançou o braço em direção ao espelho, e por pouco ela não se fere, pois o fez com a determinação de quem pudesse alcançar o lado de lá.

— Fique! — pediu, quase num grito.

E ali, sob o olhar assustado de Giuseppina Palumbo, um novo horizonte foi se apresentando àquele chuchu, até que — mais umas raspadinhas com a espátula, mais uns detalhezinhos com a faca — ninguém poderia reconhecer o legume, transformado que estava em lâmpada de Aladim.

— Não falei, Marçal? Não falei? — A enfermeira era pequena para tanto contentamento.

A seguir, Regina convocou os porventura ainda céticos a darem uma olhada no conteúdo do refrigerador. E a visão era mesmo um assombro: aquelas prateleiras, em geral ociosas, mostravam-se ocupadas por uma bicicleta, um cavalo-marinho, um violino, um beija-flor, uma odalisca, um moinho de vento e por aí afora, sendo que a rosa de beterraba, posta bem debaixo da lâmpada da geladeira, parecia exercer um protagonismo, berrando à luz a intensidade da sua cor.

Pois foi justo essa rosa que Zaida, num gesto inesperado, decidiu presentear a Giuseppina:

— Leve com você — disse a idosa, estendendo-lhe a rubra escultura. — É um presente.

E a mão da italianinha, com sua pele grossa, suas juntas calosas, suas unhas maltratadas, fraquejou ao sustentar o peso de tamanha delicadeza.

Tudo para que, dali a pouco, a rosa acabasse jogada na lata de lixo da casa de reboco crespo. Para Mafalda, não havia propósito que justificasse aquele desvirtuar dos alimentos. Por isso, quando o marido, umas semanas mais tarde, veio falar das tais aulas de escultura propostas por Marçal, já era esperada uma reação negativa.

— *Che assurdo stai dicendo?*

Perplexa com o que acabara de ouvir, Mafalda objetou que Giuseppina, se alguém não percebera, estava longe de ser uma desocupada. E, mesmo que assim não fosse, mesmo que, por hipótese, sobrasse à menina algum tempo livre, não seria o caso, convenhamos, de empregá-lo nessa atividade doentia.

Mas Girolamo, medindo cada palavra, ousou insistir.

Pelo que lhe contara Marçal, a senhora sua mãe parecia ver em Giuseppina uma fonte de inspiração.

— *Vero?* — retorquiu Mafalda, o olhar cintilando de ironia. — *Bello, bellissimo. La verità, però, è che noi non abbiamo niente a che fare con la malattia di questa povera vecchia.*

Girolamo teve de concordar. De fato, a doença da pobre Signora Zaida não lhes dizia respeito. Mas ajuntou: tampouco a Marçal dizia respeito a doença de Giuseppina, e isso não o impedira de ajudar.

Desconcertada, Mafalda enfureceu-se. Maravilhosa ajuda a que lhes prestara o tocador de piano. Graças à fresta que ele abrira no círculo da tarantela, a menina fora engolida pela vastidão da cidade, e sabe lá o que lhe acontecera quando não havia quem por ela olhasse. Alegando que precisava tratar do almoço, a italiana saiu a bufar, do que resultou que as *polpette* acabaram temperadas com resmungos e xingamentos. No entanto, ao fim daquele mesmo dia, quando ela e o marido descalçavam as chinelas para entrar na cama, uma frase riscou a penumbra do quarto, e a coisa foi dita tão às pressas que Girolamo precisou pedir à esposa que repetisse.

— *Ho detto che Giuseppina si farà accompagnare da Francesca* — repetiu ela, a má vontade impregnando cada palavra.

Como Girolamo continuasse sem compreender, Mafalda perdeu a paciência. Pelo visto, a graxa daquela fábrica imunda escurecia não apenas as unhas dos operários, mas também o entendimento. A questão era a seguinte — e a italiana, dessa vez, usou o tom de quem falasse a uma criança: Giuseppina, desde que se fizesse acompanhar de sua irmã Francesca, poderia, muito de raro em raro, subir ao apartamento da velha caduca, sempre considerando — evidente — que o rapaz ali não se encontrasse. *Capito?*

Puxando as cobertas até a linha dos olhos, ela se deitou de costas para o marido. E, antes de abandonar-se ao sono, o último pensamento a cruzar por sua cabeça há de ter sido de triunfo, pois nenhuma boca brasileira ousaria abrir-se para lançar aos Palumbo a pecha de ingratos.

17

Quando Giuseppina Palumbo, pela primeira vez, sentou-se na cozinha de Zaida Quintalusa, o seu embaraço era tanto que ela não conseguiu sequer olhar para os legumes e instrumentos espalhados sobre a mesa. Aliás, durante todo o tempo em que a moça ali permaneceu, ela não perdeu de vista os próprios joelhos, enquanto gotinhas de um suor sofrido brotavam em seu buço. Com o suceder-se das aulas, porém, Giuseppina foi se deixando conquistar, pouco a pouco, pelo sorriso da anciã, e veio o dia em que as suas mãos de tantos labores concordaram em aventurar-se naquela atividade tão difícil de compreender, uma atividade que não se direcionava a nada de útil ou necessário. Entre um movimento e outro da faca, entre uma manobra e outra da espátula, era raro que se ouvisse a voz da aluna, mesmo porque Regina, eufórica com a nova programação, monopolizava o discurso. Contudo, ainda que faltassem palavras na boca da italianinha, uma comunicação frágil e discreta começava a ser por ela empreendida, pondo-a em contato com uma zona de si mesma até então ignorada.

Desde criança, Giuseppina concentrara-se inteira em dar cumprimento à sua rotina de afazeres domésticos. Havia sempre instruções a seguir, recomendações a observar, expectativas a atender. A limpeza de um assoalho, por exemplo, para que resultasse a contento, envolvia todo um passo a passo, e o mesmo se poderia dizer quanto à arrumação de um armário, o lustrar de uma vidraça, a engomadura de uma roupa. Com aquelas batatas e pepinos, a história era outra. Embora os instantes passados por Giuseppina na cozinha de Zaida tivessem o nome de aula, nenhuma lição era ministrada. De fato, a suposta professora, enquanto dava reviravoltas no destino daqueles legumes, limitava-se a cantarolar. Erguia os olhos de quando em quando, como para certificar-se de que a jovem companhia continuava ali, mas, mesmo nessas ocasiões, em lugar de dar à garota alguma orientação, Zaida apenas sorria, por vezes largando a faca ou a espátula para pousar uma mão tranquilizadora sobre aquela mão insegura. Estava claro que, se Giuseppina quisesse aprender alguma coisa, se quisesse saber que rumo seguir, teria de valer-se de uma bússola interna, teria de acionar um mecanismo interior com o qual jamais tivera chance de familiarizar-se: a criatividade.

As primeiras esculturas a que se arriscou Giuseppina não passavam de esforçadas imitações daquelas concebidas por Zaida. Regina despencava o queixo e dizia-se maravilhada; Francesca interrompia o bordado e olhava com cara de tanto-faz. Nenhuma das duas seria cruel ao ponto de falar a verdade, mas era óbvio que todo o empenho da aprendiz não bastava. Mantinha-se nas esculturas um aspecto grosseiro. O que esperar, porém, daquelas mãos de rachar lenha? Dessem à menina um machado e uma tora, todos tirariam o chapéu. Ao menos, a repetição das tentativas mostrou que, de pouco em pouco, a jovem ia se permitindo uma certa originalidade. Primeiro, perceberam-se ligeiras variações em relação aos modelos idealizados por Zaida — um a-mais aqui, um a-menos ali —, ousadias essas que foram se emendando a outras, até que, de repente, aquelas esculturas, por toscas que fossem, traziam a marca de Giuseppina Palumbo. De exímia executora de rotinas, a italianinha transmudava-se em desajeitada descobridora de novas possibilidades.

E Regina insistia: aquela mísera hora, uma vez por semana, estava imprimindo modificações no comportamento da moça. Continuava econômica nas palavras e nos sorrisos, mas a respiração entrava e saía sem tanta pressa, os dentes já não maltratavam o lábio, as mãos pouco tremiam. Em casa, pelo que deixara escapar Francesca, dera para cantarolar pelo nariz enquanto varria ou espanava, e toda a família estava achando estranho, pois a melodia — sempre a mesma — não fazia lembrar nenhuma tarantela. Nas palavras de Francesca, aquilo nem se podia dançar, aquilo dava até um desconforto, aquilo fazia com que algo aumentasse de tamanho lá dentro da gente.

Marçal recebia tais informações encantado. Podia considerar atingido o seu intento de, com as aulas de escultura, arejar o cotidiano da mocinha dos olhos sem luz. E que dizer da música descrita por Francesca? Seria possível que Giuseppina houvesse retido na memória a melodia da suíte? Lisonjeado ante a possibilidade, espantou da cabeça as poucas dúvidas que ainda lhe restavam: *Sonata para Giuseppina*, assim se chamaria a peça. Aliás, não fosse a inspiração trazida pela italianinha, talvez ele jamais tivesse encontrado as notas certas para arrematar o último andamento. Que dia mágico aquele! A mão dela dentro da sua, o vestido floreado movimentando-se feito música, o Centro da cidade a revelar-se ouro em lugar de chumbo. Por improvável que fosse, aquele passeio roubado — ambos escapando de seus respectivos círculos, ambos mandando às favas os seus respectivos cadeados — parecia ter contribuído para que a concepção da suíte fosse ultimada.

Quisera poder dizê-lo a Giuseppina. Quisera explicar a ela o que acontecera e, ao mesmo tempo, pedir-lhe que o ajudasse a compreender. E, enquanto a oportunidade não se apresentava, Marçal sentava-se ao piano. Retoques, aparas, ajustes — aquela suíte sequestrava-o para o mais dentro de si, e todo o resto silenciava.

18

COM A CHEGADA DO OUTONO, os frutos da paineira em frente à casa de reboco crespo não tardaram a romper-se, disso resultando que, nos dias de vento, plumas de paina esbranquiçavam o ar ali em torno.

Armando-se de um enorme saco, Mafalda ia para a frente da casa. Não permitiria que aquela nojeira voadora lhe emporcalhasse o jardim, e então o saco investia, de bocarra aberta, para todos os lados, capturando não apenas os flocos de paina em pleno voo, mas também a curiosidade das pessoas que, no momento, passavam na calçada.

Houve uma tarde, porém, em que o saco, antes mesmo de ficar robusto, foi posto a descansar sobre o gramado. Sentando-se num dos bancos junto à árvore, Mafalda levou a mão à altura do estômago, e o seu rosto torceu-se de dor. Vinha sendo assim naquelas últimas semanas — a queimação sem trégua, dia e noite. Para tornar as coisas piores, uma urticária furiosa marchava por seu corpo todo, sendo que o talco já não trazia alívio algum. Torturada ora pela acidez, ora pela coceira, Mafalda não conseguia aliança com o sono, e o cansaço colecionado noite após noite estava por derrubá-la, tanto que os trabalhos de casa já não eram executados com a excelência habitual, e até o gosto por preparar conservas ela parecia estar perdendo.

Isso tudo — Mafalda sabia — era resultado de um processo que se iniciara meses antes. Quando Giuseppina reaparecera após o sumiço, uma suspeita aninhara-se como larva na mente de sua mãe, e o tempo decorrido desde então fora o bastante para transformar aquela larva em monstro, um monstro que devorava todos os outros pensamentos e que ia crescendo cada vez mais, ocupando novos espaços, assenhorando-se de tudo. Já não adiantava fechar os olhos, tapar os ouvidos, puxar a coberta por cima da cabeça. Nada emudecia a desconfiança de que Giuseppina, durante aquelas horas em que estivera desaparecida, desaparecera para sempre. Dizendo de outra forma, perdera-se.

— Boa tarde, Senhora Mafalda. Descansando um bocadinho?

Ao ouvir aquelas palavras vindas da calçada, Mafalda ergueu-se, fazendo-o tão às pressas que o banco, mesmo sendo de madeira maciça, tombou de pernas para cima. Era a *dottoressa*. Como sempre, trazia a velha enganchada no braço.

— Quem me dera tempo para descansar — defendeu-se ela, e foi logo enumerando as muitas atividades já executadas naquele dia, o que não significava que não houvesse outras tantas ainda à sua espera. — A *dottoressa* vai me desculpar, *ma oggi non ho nemmeno un minuto* para conversas.

Reassentou o banco na grama e, enveredando pelo caminho de pedras que passava ao lado da casa, lá se foi ela para os fundos do terreno, o andar de quem tinha, no mínimo, vinte anos a menos.

Pouco depois, fechava-se a porta do galpãozinho de telhas de zinco. Afrouxando o nó do avental, Mafalda disse a si mesma que se acalmasse. Ali dentro, ninguém viria censurá-la por estar um instante a pensar na vida.

Passaram-se, no entanto, horas. E assim aconteceu não apenas naquela tarde, como em várias outras a partir de então. Andando de um lado a outro da peça, Mafalda estava determinada a pôr em ordem os pensamentos. E recapitulava fatos, e arriscava nexos, e aventava hipóteses. Não conseguia ir longe, contudo, sem de novo enredar-se em suas mortificações e lamúrias. Afinal, de que adiantava que fossem tão perfeitas aquelas conservas perfiladas ao longo das prateleiras? Mafalda Palumbo, tão cuidadosa na esterilização dos vidros e das borrachas, tão exímia no fechamento hermético das tampas, tão infalível na criação do vácuo, não conseguira, pelo visto, aplicar aquela técnica à sua filha. Não alcançara êxito em conservar a menina do apodrecimento, da deterioração, da ruína. Pobre criança! O ar entrara; a fruta perdera-se.

— *Mamma?* — Era Simona, ou então Francesca. Fosse a primeira, fosse a segunda, pareciam grudadas ao lado externo da porta. — *Va tutto bene?*

Em resposta, Mafalda perguntava-lhes sobre a louça da banheira — estava sem um verdinho de limo, *vero?* —, ou então sobre a lata do lixo — lavada, esperava-se, com água fervente, não? —, ou sobre qualquer outra dessas tarefas que, embora reconhecidas pela italiana como da maior importância, não integravam, naquele momento, a sua esfera de interesse.

Tanto ela veio e foi de um lado a outro do galpãozinho que, com o suceder-se dos dias, a serragem começou a mostrar o chão batido. Na cabeça de Mafalda, os fatos assomavam candentes como se ocorridos na véspera: a ridícula tarantela brasileira, a imprudente fresta no círculo, o filho da Signora Zaida prometendo que traria a menina de volta e saindo em disparada à sua procura; depois, o pior: aquelas vinte e quatro horas passadas sabe Deus onde, a roupa de sirigaita com que aparecera vestida, a estranha serenidade após uma única sessão de tarantela.

Quando a serragem já se acumulava volumosa junto às paredes, aconteceu de Mafalda divisar, em meio a garrafas e engradados que se amontoavam a um canto, um pequeno vaso de cerâmica, virado de borco. Chegou perto, olhou melhor. Sim, era o próprio, e Mafalda, extraindo o recipiente da penumbra onde estava, recordou aquele entardecer em que o tocador de piano, poucos dias após a tarantela, batera-lhe à porta.

— São para a sua filha Giuseppina — dissera ele, e estendera-lhe aquele vasinho então transbordante de violetas.

Na época, ela não dera ao acontecido uma atenção especial. A atitude era por certo impertinente, mas Mafalda, vivendo naquele país há mais tempo do que gostaria, já estava acostumada às extravagâncias dos brasileiros. Vai ver o trapalhão esperava que o desculpassem pela fresta aberta no círculo, e o vasinho, com essa explicação, acabou largado onde menos estorvasse. Agora, porém, relembrando cuidadosamente o episódio, alguns detalhes afloravam. Por exemplo, o olhar do rapaz: ao dizer aquelas palavras, ele parecia estar apresentando à polícia uma desculpa esfarrapada. Além disso, ou Mafalda estava louca, ou o tipo perfumara-se.

Sentindo uma revirança no estômago, ela deixou que o vaso lhe escorregasse das mãos, sequer ouvindo o baque, tampouco se preocupando em recolher os cacos de cerâmica que se espalharam aos seus pés. Pois, pensando bem, não era de hoje que ela entrevia um vulto por trás da persiana no edifício em frente. E, na verdade, as violetas não haviam sido um caso isolado: há pouco tempo, o rapaz fizera chegar à menina, por intermédio de Girolamo, um livro de capa vermelha.

— *Versi brasiliani* — explicara o marido, e garantira que os tais versos poderiam ajudar Giuseppina a aperfeiçoar-se no português.

Daí a que a italiana passasse a enxergar Marçal como o provável artífice da desonra de Giuseppina, foi juntar dois e dois.

De fato, naquelas vinte e quatro horas em que a menina andara à solta pela rua, qualquer um poderia ter se aproveitado da sua pureza; no entanto, por que não pensar no próprio tocador de piano? Afinal de contas, uma coisa não fora explicada: se o sujeitinho imbuíra-se da missão de trazer Giuseppina de volta para casa, o que estavam os dois fazendo naquela casa noturna onde a *dottoressa* Regina, após telefonar para Deus e todo mundo, acabara por localizá-los? Diante da estupefação de Mafalda, a *dottoressa* viera com panos quentes, garantindo que o tal piano-bar nada tinha de escuso ou mal-frequentado. O tipo, por sua vez, alegava terem feito uma pausa para lanchar. Contudo, levando em consideração a angústia da família, não teria sido mais razoável comprar um sanduíche no primeiro botequim e vir mastigando pelo caminho? Naquela história toda, algo não casava. Se Mafalda fizera vista grossa, era apenas porque, como diziam Girolamo e as filhas mais velhas, o importante era Giuseppina estar de novo em casa, sã e salva. Agora, as peças do quebra-cabeça iam encontrando, aos poucos, um encaixe, e só um tolo para seguir acreditando que Giuseppina tivesse voltado para os seus na mesma condição em que deles se afastara.

— *Mamma?* — Quem agora chamava por ela era Francesca, ou talvez Simona. — *Sicura di non aver bisogno di niente?*

Mafalda não conteve o estouro:

— *Ho bisogno soltanto di stare sola! Hai capito? Di stare sola!*

Tonta, viu-se obrigada a buscar onde sentar. Era imperdoável que só agora percebesse. Com uma frieza de lagarto, o *birbaccione* enganara a todos, desde o ingênuo Girolamo até a científica *dottoressa*. Muito solidário, muito prestativo, mas tudo o que pretendia, na verdade, era desfrutar de Giuseppina, ainda mais sabendo que a infeliz, em decorrência da doença, via-se privada, eventualmente, dos seus recatos de moça direita. Em que mau momento Girolamo dera com a língua nos dentes! Decerto que, na ocasião, havia empinado uns bons copos, pois mesmo um parvo sabia que o tarantismo de uma filha é segredo para baú de sete trancas. De posse das informações todas, o salafrário arquitetara o seu plano: incentivar a realização de uma tarantela e, durante o ritual, quando a menina se encontrasse em avançado descontrole, propiciar que ela escapasse do círculo. Depois, dando ao acontecido uma feição de terrível acidente, bastava mostrar-se varado de arrependimento e sair em busca da moça. *Farabutto!* Encenara tudo à perfeição!

Repentinamente sem ar, Mafalda fez correr o ferrolho e abriu com urgência a porta do galpãozinho de telhas de zinco. A claridade do dia foi para ela uma agressão, e não poderia ser diferente, depois de tanto tempo fechada num ambiente de escassa luz. Com olhos que lutavam por manter-se abertos e mãos que erravam à frente do rosto, ela entreviu, logo adiante, a figura de Giuseppina. Estendia roupas no varal.

E teria sido essa a primeira vez em que Mafalda percebeu, no corpo da filha, as modificações.

19

A PRINCÍPIO, MAFALDA QUISERA convencer-se de estar vendo coisas. Mais algumas semanas, porém, e já não havia como continuar enganando a si mesma: modificações insinuavam-se no corpo de Giuseppina. Algo ali se arredondava, as angulosidades pareciam suavizar-se, a pele já não denunciava cada osso e cada ligamento.

Antes de pensar no pior, Mafalda considerou a possibilidade de ter havido alguma mudança na alimentação da filha. Em casa, a menina seguia comendo o de sempre, mas sabe lá o que botava para dentro nas malditas tardes em que subia ao apartamento da vizinha caduca. Francesca correra a sossegar o receio da mãe, afiançando que a irmã vinha cumprindo à risca o combinado: não aceitava nada do que ali lhe oferecessem, nem mesmo copo d'água. Descartada uma alteração nos hábitos alimentares da jovem, Mafalda cogitara de um afrouxamento nas suas ocupações diárias. A hipótese, entretanto, não se sustentava. Uma das condições postas por Mafalda para que Giuseppina participasse das absurdas aulas de escultura havia sido justamente que a filha mantivesse as mesmas responsabilidades, ou seja, o chão que ela deixasse de varrer por culpa daquelas cenouras e batatas não seria varrido por ninguém senão pela própria Giuseppina. Vendo que, ainda assim, a casa mostrava-se não menos limpa e ordenada, Mafalda tratara de acrescentar à rotina da caçula uma ou outra tarefa, tudo para que, dali a pouco, ficasse evidente a atrapalhação que estava sendo causada por aquelas visitinhas semanais à *vecchia pazza*. Tudo inútil: o dedo que corria inquisidor sobre os móveis, assim como o olho que se enfiava detetive nos cantinhos, provavam que a menina seguia exemplar no cumprimento das suas obrigações.

O que explicaria, então, aquelas mudanças em seu corpo? Agoniada, Mafalda pensou em pedir ajuda à *dottoressa* Regina. A mulher tinha lá os seus conhecimentos sobre esses assuntos relativos à saúde, tanto que tinha sido ela a primeira pessoa a diagnosticar a anemia em Giuseppina. Ainda assim, a italiana hesitou. O que agora estava em jogo revestia-se de uma gravidade mil vezes maior. Além do mais, se a desgraça ficasse confirmada, talvez a *dottoressa* não aguentasse guardar segredo, e logo a vizinhança inteira estaria se deleitando com o diz-que-diz.

Absorta em seus cálculos, Mafalda esqueceu-se por completo da *crostata* de amoras que pusera a assar no forno, e isso explicava o cheiro de queimado agora se espalhando pela casa toda.

Depois de soltar a fôrma sobre a grelha do fogão e de balançar os dedos que pelavam, ficou olhando inconformada para aquele disco de massa enegrecida. Francesca e Simona tinham ido ao armazém, mas onde andava Giuseppina para não ter farejado o alerta? Foi com irritação que Mafalda, depois de buscar pela moça no avarandado, no jardim, no galpãozinho, foi descobri-la em seu próprio quarto, que ficava a uma distância imperdoável da cozinha. Sentada na beira da cama, Giuseppina parecia ler o livro de capa vermelha.

— *Che fai?* — inquiriu a velha, o som da frase imitando o estalo de um chicote.

Capa e contracapa uniram-se uma à outra com estrépito.

— *Niente, mamma, niente.*

— *Come niente?*

Num rasgo de criatividade que talvez fosse justo tributar às aulas de escultura, Giuseppina explicou que o livro, sendo velho, podia esconder entre as páginas alguma traça, e seria um desastre se o bicho fosse adiante, infestando a casa inteira. Pelo que ela pudera observar, o perigo não existia; na dúvida, trataria de rechear a encadernação com uma boa quantidade de folhas de louro.

Livrar-se logo daquela inutilidade, isso sim seria o sensato a fazer, mas Mafalda calou-se. Uma ideia perpassava agora a sua mente, e os escritos brasileiros até perdiam a importância. Ardilosa, fingiu-se assaltada por uma lembrança de última hora. Sem encarar a filha, comentou ter reparado que os seus vestidos — todos os três — estavam meio ruços. Um minuto depois, a pretexto de costurar para ela uma roupa nova, cingia-lhe o corpo com a ansiedade de uma fita métrica.

Seu olho de sentinela não errava: um centímetro a mais no busto, outro nos quadris. A volta da cintura, contudo, não seguira o mesmo padrão, e Mafalda, sentindo a testa gelar, consultou novamente os números que mantinha anotados numa caderneta. Seria possível? Um ganho de quase quatro centímetros.

O corpo tombando no chão foi como o de um soldado abatido em campo de batalha. A guerra estava perdida. E foi preciso que Giuseppina, depois de estapear em vão as bochechas da mãe, achegasse ao seu nariz um pano embebido em vinagre.

20

NA NOITE DAQUELE MESMO DIA, quando todos na casa de reboco crespo dormiam, Mafalda vestiu o chambre e foi para a sala, cuidando de movimentar-se sem um ruído sequer. O desmaio, além de deixar-lhe um inchaço feio num dos lados da face, pusera a família apreensiva, e não seria bom se a surpreendessem perambulando pela casa no escuro da madrugada. Nem o marido nem as filhas entenderiam, mas ela precisava, como nunca antes em sua vida, ajoelhar-se diante do santo.

— *San Paolo mio, che devo fare?* — murmurou, e as chamas das velas recém-acesas davam movimento ao desespero em seu rosto.

Na redondeza, cachorros de diversos tamanhos latiam para o breu das ruas. Um que outro automóvel riscava, ao longe, a fluidez incomum dos cruzamentos, enquanto a paineira, ali no jardim, traduzia em ramalhar os dizeres da brisa. Mas, de repente, a noite lá fora fez silêncio. Foi quando Mafalda viu-se visitada por uma ideia que jamais ousara adentrar o seu universo de considerações: virar as costas para aquilo tudo. Desistir, simplesmente desistir. E por que não?

Com os traços do rosto afrouxando-se um a um, Mafalda deu-se conta de que, somando as economias que haviam trazido da Itália com mais alguns meses do ordenado de Girolamo, eles logo teriam dinheiro para o vapor, sobretudo se, desta vez, não precisassem custear senão quatro passagens. Sim, Giuseppina bem poderia ser deixada para trás, poderia ser abandonada naquele país de gente suja e licenciosa, onde, afinal, nem causava tanto assombro que uma mulher agisse feito *putana*. Voltariam para Leuca vestidos de preto, e não ia demorar que a cidade inteira soubesse da desgraça: a caçula dos Palumbo, muito branquinha por causa das hemorragias, contraíra uma infecção pavorosa, dessas que só existem em país atrasado. Dias e noites queimando em febre, noites e dias debatendo-se em delírios, até que o anjo da morte viera buscá-la. Que fazer? A família não medira esforços para salvar a pobre criatura, tanto que, na esperança de curá-la, haviam até emigrado para aquele fim de mundo. Não bastara. Restava agora conformar-se, restava seguir adiante — eis o que todos em Leuca diriam. E então, pouco a pouco, a vida retomaria o seu curso, Girolamo acertando os polvos com a destreza do seu arpão, Simona e Francesca bordando o enxoval agora com pontos mais confiantes, enquanto ela, Mafalda, gozaria enfim do merecido descanso, depois de tantos anos amargando o mais impiedoso castigo.

Mas, dali a pouco, foi como se acordasse. Piscando os olhos com força, reparou no entorno com o espanto de quem se supunha, um minuto antes, em outro lugar. E só então percebeu: era monstruoso o que acabara de transitar por sua cabeça.

Com uma angústia que lhe soqueava o peito, ergueu-se do genuflexório, cambaleou em círculos, esbarrou nos móveis. Mais arregalava as vistas, menos enxergava o que lhe estava à frente. E foi assim, tateando o invisível, que Mafalda Palumbo enveredou corredor adentro. Precisava aproximar-se da filha, precisava pousar a mão sobre aquele ombro magrinho, dizer a ela que não se inquietasse, *mamma era lì, mamma sarebbe sempre lì*. Contudo, tais propósitos, por fortes e sinceros que fossem, empacaram à porta do quarto da moça. Acostumada a mandar e a ser obedecida, Mafalda descobria-se sem autoridade sobre as próprias pernas, e não lhe restou senão esconder o rosto no ângulo do cotovelo, com isso abafando o soluço que, um segundo a mais reprimido, teria lhe arrebentado a garganta.

Jamais imaginara que o santo pudesse sugerir semelhante coisa. Abandonar Giuseppina? Desfazer-se dela como fosse um objeto estragado e sem arrumação? Seria um barbarismo, uma atitude de gente sem Deus. A menina — era evidente — não tinha culpa alguma. Maldito o momento em que a perversa aranha decidira picá-la! E era preciso reconhecer: se o bicho escolhera, entre tantas moças, justo Giuseppina, isso talvez se devesse a que a pobrezinha não fora protegida o suficiente.

Sentindo sobre si mesma o dedo daquela antiga acusação, Mafalda transformou-se. Nada recordava sobre o dia em que a caçula viera ao mundo; as comadres, porém, haviam se encarregado de contar-lhe tudo. O pagãozinho da fortuna esquecido sobre a cômoda do quarto, o traje de marinheiro tocando a pele recém-nascida — como ela pudera fazer aquilo? A parteira explicara-lhe, semanas depois, que o sangue da hora do parto, em vez de escorrer para fora do corpo, havia tomado um caminho impróprio, indo estacionar no alto da sua cabeça, o que lhe deixara os pensamentos desencontrados. Não chegava a ser raridade que tal extravio ocorresse, tanto que ela, no seu ofício de aparar crianças, já presenciara inúmeros casos. O que chamava a atenção no acontecido com Mafalda é que não havia sido pequena a quantia de sangue a desviar-se para o cérebro. De fato, os lençóis e panos mal se tinham manchado de vermelho, e isso a parteira, em tanto tempo de profissão, não vira jamais.

Anos depois, quando Giuseppina, já picada pela tarântula, começara com as hemorragias, a mulher viera com uma explicação ligeiramente outra: o sangue que Mafalda não perdera na hora de parir havia rumado, em parte, para a sua cabeça; a porção restante, entretanto, enveredara para dentro do corpinho do bebê, e era por isso que a desventurada moça agora se esvaía daquele jeito, tentando livrar-se de um sangue que não era o dela, um sangue que, ademais, não prestava a pessoa guardar dentro de si.

Com as palavras da parteira ainda ressoando em sua mente, Mafalda encaminhou-se de volta para a sala, a cabeça balançando numa negativa que não admitia barganha. Quando tornou a ajoelhar-se perante a estatueta, o pinho do genuflexório, talvez pelo peso da indignação,

chegou a estalar. Atacou um pai-nosso, depois uma ave-
-maria, seguiu-se um creio-em-deus, emendado a uma
salve-rainha, e a sequência então reiniciava. Só que as
palavras, a certa altura, começaram a distanciar-se umas
das outras, entre elas se instalando silêncios cada vez mais
compridos. Na cabeça de Mafalda, de novo aquele dispa-
rate, de novo aquela desnatureza.

— *San Paolo mio, ti prego, non dirmi di fare questo! Non
posso abbandonarla! Non posso! Io sono la mamma sua!* — E
as mãos entrelaçavam-se numa prece de arroxear os dedos.

Foi então que aconteceu aquilo que, mais tarde, em
sussurros aflitos com Girolamo, Mafalda passaria a deno-
minar, cheia de veneração, como *il fenomeno*. Bem no centro do oratório, rodeada por velas em diferentes estágios
de queima, a estatueta, de um momento para o outro, pareceu passar por uma metamorfose. De fato, um instante
depois, o colorido dava a impressão de recém-pincelado,
as proporções afiguravam-se perfeitas, e o lascadinho na
borda do manto já nem chamava a atenção. Arrepiada,
Mafalda levou as mãos à boca. E notou, tremendo inteira,
que a imagem libertava-se da pedra-sabão. Pouco a pouco, a imagem volatilizava-se, expandia-se, e eis que já não
era mais uma simples imagem, mas sim um fulgurante
milagre à sua frente: São Paulo ele mesmo, sem tirar nem
pôr. Nas faces de Mafalda, em meio a espasmos de uma
musculatura até então desconhecida, correram lágrimas
de êxtase. E quando ela, quiçá quanto tempo depois, despertou daquela adoração, já não havia o que questionar. E
fora mesmo uma arrogância de sua parte contrapor-se às
diretrizes da divindade.

21

ÀQUELA HORA DA MANHÃ, por certo que já soara a sirene da fábrica de maçanetas. No entanto, ali estava o velho Girolamo, sentado no cordão da calçada que ficava defronte ao bar do Macedo:

— *Auguri e figli maschi!* — dizia ele a passantes reais e imaginários, e a garrafa que se erguia convidando àquele brinde expunha a bebida em quantidade já inferior ao rótulo.

Arriscando perder o ônibus e chegar novamente atrasado no conservatório, Marçal atravessou a rua, o semblante entre severo e condoído:

— Senhor Girolamo, o que faz aí? Veja o seu estado! Isso são horas de andar bebendo?

Na miséria em que estava, o italiano transpareceu dificuldade em reconhecer quem a ele se dirigia. Tão logo superada a hesitação, aqueles olhinhos de vírgula cravaram em Marçal um ódio de que não se supunha fossem capazes.

— *Giuda!* — gritou, a mão apertando a garrafa ao ponto de pôr a perigo a integridade do vidro.

Marçal não pôde senão concluir que estava sendo confundido com outra pessoa. Judas? Que conversa era aquela? A pinga parecia ter feito um estrago e tanto nas ideias do velho, o que não surpreendia, considerando os dois cascos que jaziam largados ali na sarjeta. Sujeito irresponsável, o Macedo. Para ele, nada falava mais alto que o tintinar da caixa registradora.

— *Giuda! Porco Giuda!* — repetiu Girolamo, agora tentando levantar-se da borda da rua, e aquilo representava um desafio semelhante a pôr-se em pé sobre uma jangada em alto-mar.

— Senhor Girolamo, vou levá-lo para casa. Café preto, chuveiro gelado, é disso que o senhor está precisando. E prepare-se para ouvir um bom sermão da sua esposa.

No momento, porém, em que tentou segurar-lhe o braço, o homem pareceu tomado de repulsa. Tão brusco foi o movimento que ele fez para safar-se que, após um triste rodopio, logo estava caído sobre a laje da calçada, a garrafa agora reduzida a cacos.

Vendo o sangue que brotava na mão do italiano, Marçal preocupou-se:

— Mas veja o que senhor foi aprontar! Deixe ver esse corte.

Com uma prontidão rara num bêbado, Girolamo armou-se de um dos estilhaços de vidro e, um segundo depois, aquele brilho riscava a um palmo da jugular do pianista. Atônito, Marçal recuou, e nisso apareceram Francesca e Simona, decerto encarregadas de, encontrando o pai, levá-lo de volta para casa. Murmuraram exclamações, colaram as mãos no peito, olharam envergonhadas para as pessoas em torno. Dali a pouco, já sustinham com firmeza o pobre-diabo, uma de cada lado. Graças à corpulência com que a natureza as dotara, estavam perfeitamente aptas a dar conta da tarefa, o que não impediu Marçal de sentir-se constrangido:

— Querem uma ajuda?

Sem nada responder e sem tampouco olhá-lo no rosto, as duas irmãs apenas se afastaram, o pai bem seguro pelas axilas.

Como o ônibus acabasse de despontar lá no fim da rua, Marçal deu por encerrada a sua participação no episódio. Ora, os Palumbo que se virassem, eles e as suas esquisitices, eles e os seus modos grosseiros. Correu desabalado na esperança de alcançar a tempo a parada. Mas ainda ouviu, ao longe, os gritos do velho:

— *Traditore! Giuda! Brutto traditore!*

Disso resultou que, naquele dia, os alunos do professor Marçal Quintalusa voltaram para casa decerto orgulhosos de si mesmos — nunca o mestre corrigira-os tão pouco. Mesmo agora, quando as repetidas freadas do ônibus convidavam a uma soneca de fim de expediente, Marçal não conseguia pensar senão na cena presenciada de manhã cedo. E voltava-lhe o pressentimento: algo de grave acontecera para que o velho Girolamo se largasse a beber daquela maneira.

Sondar Regina a respeito apresentava-se sempre como ideia número um. No entanto, era improvável que a enfermeira, tendo algo a dizer sobre o assunto, estivesse apenas à espera de uma solicitação nesse sentido. Ainda assim, não custava tentar, e eis o que Marçal faria tão logo chegasse em casa, isso considerando, é claro, que o ônibus colaborasse. De fato, aquele trambolho parecia estar de implicância, tamanha a lerdeza com que se arrastava pelas ruas e avenidas. Vendo que a janela mostrava, pela enésima vez, uma imagem incompatível com a ideia de transporte, Marçal deslizava os dedos ao longo das sobrancelhas, a força do gesto ameaçando não apenas a emenda tão execrada por Regina, mas a própria junção dos hemisférios cerebrais.

Nada explicava o comportamento agressivo do velho Girolamo. Indagada a respeito, Regina diria, usando o seu linguajar técnico-científico, que há pessoas de má bebida. Mas, pelo que Marçal já pudera constatar, o italiano não pertencia ao time dos que, quando alcoolizados, tomam-se de fúria; sua inclinação, em vez disso, estava para o choro. Como explicar, então, a cólera que explodira naqueles olhinhos miúdos? E justo num momento em que tudo parecia tão bem, a doença da filha sob controle, as cores voltando ao rosto da garota, o pesadelo ficando para trás.

Marçal gostava de pensar que, desde a função da tarantela, ele e o italiano vinham se tornando, senão amigos, algo perto disso. Não era raro que caminhassem juntos até a parada de ônibus, volta e meia sentavam-se lado a lado no balcão do bar do Macedo, e até uma pescaria às margens do Tietê eles estavam organizando. Invariavelmente, a conversa entre os dois fluía prazerosa. O assunto preferido de Girolamo era a distante Santa Maria di Leuca, seus cáctus debruados de figos-da-índia, os oleandros floridos de uma beleza venenosa, o cheiro perturbador do

Favônio, mas ele gostava talvez ainda mais de falar sobre o barco, o arpão, os polvos. Marçal, por sua vez, não se fartava de fazer perguntas e de pedir detalhes. Aquela era uma Europa muito diversa de tudo o que ele sempre imaginara, uma Europa inacreditável para o rapaz que, desde a adolescência, sonhava com pós-graduações nos célebres conservatórios de Milão, Viena, Munique.

E comovia-se. Entre um relato e outro, os olhos pequeninos do italiano imbuíam-se — Marçal poderia jurar — de um sentimento paternal. Sim, pois não seria absurdo supor que Girolamo Palumbo lamentasse a falta de um filho homem, ele que nascera e se criara num ambiente onde ser mulher significava estar vulnerável, o tempo todo, a cair em desgraça, bastando para isso algo como a simples picada de uma aranha. Outro indício nesse sentido era aquele hábito constrangedor que o velho tinha: erguendo o seu copo de aguardente, ele brindava com os dizeres *Auguri e figli maschi*. Da primeira vez em que o fizera diante de Marçal, vira-se obrigado a explicar, sem entender o porquê de tanto assombro, que se tratava de um brinde costumeiro, e não apenas na Puglia, mas na Itália inteira. A naturalidade nas palavras do italiano aconselhara o pianista a não emitir opinião a respeito. Impossível não pensar, todavia, no quanto podia ser inocente a crueldade.

Por tudo isso, pela proximidade que vinha se solidificando entre ele e o arpoador, doía-lhe um bocado rememorar aquela cena ocorrida de manhã cedo. A raiva com que Girolamo o olhara, o caco de vidro zunindo no ar, aquelas palavras ditas com tamanho rancor — tudo efeito da bebida? Tomara que sim, e amanhã o velho viria, todo sem jeito, desculpar-se, e ficaria claro que ele guardava do acontecido não mais que uma difusa recordação.

Agarrado a essa esperança, Marçal tentou esquecer o assunto. O trecho por onde o ônibus passava agora sugeria paralelepípedos dispostos com proposital irregularidade, e explicação melhor não havia para aquele molejo todo, verdadeira convocação a tirar uma pestana. Fechando os olhos cansados, ele encostou a cabeça contra o vidro da janela. Nem por um segundo, porém, conseguiu cochilar.

22

ALGUNS DIAS DEPOIS, tendo saído mais cedo do conservatório, Marçal saltou do ônibus determinado a bater à porta da casa de reboco crespo. De uma vez por todas, tiraria a limpo aquela história. Desde a manhã da bebedeira, não encontrara Girolamo uma única vez, nem pelas ruas ali à volta, nem no caminho para a fábrica de maçanetas, nem no bar do Macedo. Coincidência ou não, nenhum dos Palumbo, ao que parece, vinha dando as caras, e isso quem atestava era ninguém menos do que Dona Ivone. Quanto a Regina, fizera rodeios sem conta antes de admitir que, de concreto, ela nada sabia. Tudo o que conseguira apurar é que a casa de reboco crespo estaria passando por uma faxina de proporções inéditas, algo de deixar atarefadas, desde o nascer até o pôr do sol, tanto a mãe como as três filhas. Ficava assim explicado que nunca mais a italiana houvesse recebido as vizinhas para uma limonada ao pé da paineira, e fazia sentido, pelo mesmo motivo, que Giuseppina não estivesse comparecendo às lições de escultura.

— Faxina? — indagara Marçal, descrente.

Fazendo beiço de dúvida, a enfermeira defendera a hipótese:

— Sendo a velha encanzinada como é, vai ver pôs a família em regime de mutirão, tudo para que não sobre um isso-aqui de sujeira.

Mas Marçal não conseguia convencer-se. A febre que ele vira nos olhos de Girolamo, o descontrole, as palavras fora de contexto — algo lhe dizia que aquilo estava relacionado a esse isolamento em que agora se achavam os Palumbo. Ou Marçal se enganava, ou o pobre do velho andava doente, e não se tratava de resfriado ou dor nos quartos, mas de coisa grave. Estaria recebendo tratamento adequado? Não seria de estranhar se a família estivesse tentando curá-lo à base de carnavalices semelhantes à tarantela. Não, Marçal não podia omitir-se, e pouco importava se a Senhora Mafalda, dali por diante, passasse a considerá-lo um intrometido.

De modo que, quando Marçal dobrou a esquina, entrando enfim na rua onde morava, fez sentido ver aquela ambulância estacionada lá adiante. Bem que ele suspeitara! Penalizado, apertou o passo, dizendo a si mesmo que o velho era forte, não seria sopa derrubá-lo. No entanto, a brancura daquele veículo estava destinada a tornar-se, em breve, mil vezes mais alarmante. O caso era que, olhando bem, a ambulância não estava estacionada junto à casa de reboco crespo, mas sim do outro lado da rua.

Esmagando a pasta de partituras contra o peito, Marçal armou uma correria. Pudessem os outros ver e ouvir a sirene que berrava vermelha dentro dele, abririam caminho com a maior presteza e boa vontade, e aquela mulher em quem ele acabara de esbarrar não o teria xingado como xingou, e os meninos que brincavam na calçada teriam desculpado a mudança de rumo bruscamente imposta à peteca. Em frente ao prédio, nem respondeu ao boa-tarde do morador que vinha saindo. Subiu os cinco andares de escada renunciando a pisar em vários daqueles degraus, sendo que a consequência foi chegar, em tempo recorde, diante da porta de número 504. E como foi estranho transpor aquela porta! Aparentemente avançando, Marçal sentia-se caminhando em marcha a ré, e não era para menos: ele recuava para dentro do sonho ruim que tanto o maltratara quando menino.

— Marçal! A nossa vovozinha, Marçal! O que vai ser de nós sem a nossa vovozinha? — E Regina pendurou-se nele, suas lágrimas vindo molhar um pescoço em que a carótida martelava.

Segundo os dois paramédicos que ali estavam — um deles preenchendo formulários, o outro guardando instrumentos numa maleta —, tratara-se de enfarte. Fulminante, acrescentaram eles, como se a morte fizesse questão de ser apresentada com nome e sobrenome. Depois dos pêsames de praxe, explicaram qual o protocolo previsto para aquele tipo de ocorrência e começaram então a elencar, ticando numa listagem, todos os procedimentos que haviam sido observados, alguns de discutível importância, mas o que fazer? Esse era o padrão a seguir, e não lhes cabia questionar as regras. Com a cabeça balançando de desânimo, os dois homens estenderam-se um tanto mais naquelas considerações sobre a pouca autonomia de que dispunham, e era mesmo um retrocesso essa excessiva padronização do atendimento, mas, de repente, calaram-se. Pelo modo como se entreolharam, estava evidente: aquela expressão no rosto do rapaz era algo que fugia totalmente ao padrão.

— Não há morte melhor do que essa — garantiu um dos dois, sendo de se supor, pela segurança com que falava, que ele próprio já morrera de todas as formas possíveis e imagináveis.

Sem pestanejar, o outro deu endosso, mas nem assim Marçal mostrou uma fisionomia menos devastada. Diante da situação, não restou aos profissionais senão recolher o restante dos instrumentos e ir andando, que tinham outros chamados a atender. Era preciso, contudo, que um familiar assinasse sobre a linha pontilhada, e um dos homens, visivelmente constrangido, estendeu em direção ao rapaz um formulário e uma caneta.

— Era sua avó? — perguntou o sujeito enquanto aguardava que a formalidade fosse concluída.

— Minha mãe — respondeu o pianista, e devolveu o documento com um Marçal Quintalusa que parecia ter sido escrito de mão esquerda.

Despachados os paramédicos, Marçal aproximou-se da mãe. Sentada à frente da televisão, um xale de losangos coloridos a cobrir-lhe as pernas, Zaida parecia cochilar.

— Telefonei para o conservatório, Marçal, mas você já tinha saído. Não posso entender o que aconteceu! Estávamos nós duas bem aqui, sentadas no sofá, acompanhando o capítulo da novela. Lembro de ter comentado sobre o vestido da amante do ricaço, e elazinha concordou, dizendo que estava mesmo muito chique. No minuto seguinte, o que posso dizer? A xícara de chá estava rolando sobre o tapete! Ai, Marçal! Entrei num parafuso que você não faz noção! O que vale é que Dona Ivone, ouvindo a gritaria, veio em meu socorro. Não fosse a água com açúcar que ela me fez beber, eu não tinha sequer atinado de chamar a ambulância.

— Você agiu bem, Regina. Como sempre, você agiu bem. Fez o que devia ser feito.

Sentando-se colada à defunta, a enfermeira pegou-lhe a mão e prorrompeu num choro de criança.

— Um anjinho do céu, Marçal! Isso o que Dona Zaida sempre foi, e agora Nosso Senhor chamou-a de volta para junto dele!

O pianista esfregou o rosto com uma força de deformar as feições. Como seria bom se os paramédicos tivessem aplicado em Regina uma anestesia geral.

— Nunca fez mal a uma formiga! — continuava ela, o rosto já vermelho, a baba querendo escorrer da boca. — Tão boazinha, tão pacífica! Não sei se você sabe, Marçal, mas não é raro que as pessoas dementes se aproveitem da doença para tratar os outros com grosseria e maus-modos. Dona Zaida? Nem por decreto. Podia dizer os seus disparates, mas nunca um palavrão saiu dessa santa boca.

Evitando olhar para a enfermeira, Marçal apenas balançava a cabeça, numa concordância de encurralado.

— Se eu tivesse bola de cristal — prosseguia ela, o nariz agora escorrendo —, eu bem que teria insistido com a ministra da eucaristia. Pobre da vovozinha! Embarcar para a outra vida nessa situação de inadimplência! Mas Deus é grande, Deus há de relevar.

— Do que você está falando, Regina?

— Pois eu nem tive ocasião de comentar com você, Marçal. — E a enfermeira, depois de esfregar o nariz nas costas da mão, foi adiante: — Não é, sabe o que é? A ministra da eucaristia, numa das últimas vezes em que esteve aqui, puxou-me para um canto e pediu que não levássemos a mal, mas ela não poderia mais trazer a comunhão para Dona Zaida. Disse que, se o fizesse, estaria sendo conivente com uma falta de respeito.

E Regina explicou o impasse da ministra. De fato, não era de hoje que Dona Zaida, ao receber o sacramento, engasgava-se. Sim, a ministra estava a par de que a progressiva dificuldade de deglutição fazia parte, no dizer dos médicos, do quadro sintomático da demência, mas isso — e a mulher erguera o dedo para dizê-lo —, isso em nada alterava, infelizmente, a situação. O fato é que a pobre velhinha, embora de boa-fé, acabava por cuspir pedaços da hóstia consagrada. Ou seja, ela cuspia pedaços do corpo de Cristo.

— O quê? — Para Marçal, era como se a voz da enfermeira chegasse aos seus ouvidos atrapalhada por um chiado, uma interferência.

Fungando, Regina acrescentou que o padre, posto a par do que vinha acontecendo, dera a orientação de que fosse suspenso o viático àquela fiel, salientando, porém, que nada impedia a continuidade das visitas semanais, com a leitura do missal e de trechos da Bíblia.

Ouvindo aquilo tudo, o rapaz sentia-se mais paralisado do que a própria morta. Não fazia a menor questão de que a mãe se mantivesse quite com a tal obrigação cristã e, aliás, tinha sido ideia da enfermeira consultar a paróquia sobre a possibilidade de a eucaristia ser trazida a domicílio. Por isso, se a mãe, lá pelas tantas, deixara de receber o sacramento, isso pouco importava. De resto, a pobrezinha estava convencida, no mais das vezes, de que a ministra fosse a sua professora do primeiro ano primário, ou então a cabeleireira que a penteara no dia do seu casamento, ou então a legítima sucessora da coroa portuguesa. O que merecia atenção — isto sim — era a justificativa apresentada por aquela suposta emissária de Deus, um verdadeiro golpe na tolerância que Marçal, a custo, tentava cultivar em relação à espécie humana. Criatura tosca! Deus, então, estaria se importando com aqueles pedacinhos de pão cuspido? Não seria talvez mais importante que uma católica idosa e doente pudesse ter, nos seus raros lampejos de lucidez, o conforto de sentir-se em comunhão com Cristo? A falta de sensibilidade e o monstruoso andavam mesmo de mãos dadas! Pois o essencial, sem dúvida, era que o pãozinho fosse deglutido com a elegância protocolar. Ah, mas como ele gostaria que a tal ministra agora cruzasse a sua frente! Precisava perguntar a ela se acaso não seria uma falta de respeito ainda maior o fato de que o corpo de Cristo, após ter sido elegantemente deglutido, acabasse por transformar-se — inexorável desfecho — em merda!

Vendo que Marçal, agora andando de um lado a outro da sala, parecia de todo transtornado, Regina quis acalmá-lo:

— Deus há de relevar, Marçal! Não foi por vontade própria que a coitadinha deixou de receber a comunhão!

E, naquele momento, Regina foi apresentada a um Marçal até então desconhecido. Com as feições tortas pelo ódio, ele xingou o mundo inteiro, deu um murro na mesa e chutou uma cadeira, arrematando com uma exortação ao diabo para que carregasse a tal ministra, ela e toda a alcateia de pessoas bestializadas, embrutecidas, asselvajadas.

— E você agora me dê licença, Regina!

Pega de surpresa pela hecatombe, a enfermeira já não chorava. Seu rosto era uma estreita moldura para aqueles dois olhos que se abriam gigantescos.

— Não ouviu, Regina? Quero que me dê licença! Quero estar sozinho com minha mãe! Posso estar sozinho com minha mãe, Regina?

Sem dizer palavra, ela vestiu o casaco e agarrou a bolsa. Um rápido sinal da cruz em direção à desencarnada, a porta a seguir batendo, os degraus da escadaria tragando mais que depressa o sapatear desnorteado daquela descida.

Só então Marçal sentiu-se recebendo a notícia de que a mãe morrera. Baixou a cabeça, as mãos apertando o topo do crânio, e foi descendo os cotovelos em direção aos joelhos, as pernas dobrando-se devagar, até que o rosto avistou os pés a uma distância fetal. Ficou assim por um tempo, talvez um minuto, talvez uma hora. O silêncio só recuou para abrir passagem a um ganido que, tão agudo, tão interminável, mais parecia o som de um violino cujo arco tivesse metros e metros.

Quando criança, Marçal sofrera imensamente ao imaginar a morte da mãe. Percebia que ela não era jovem como as mães dos outros meninos e, às lágrimas, fechava-se dentro do roupeiro, pedindo a Deus que, por favor, não a levasse embora. Ele seria o melhor dos filhos do mundo, o mais obediente, o mais comportado, e seria também um aluno exemplar na escola, um amigo leal para os colegas, mas não a levasse para o céu, por favor, não a levasse. Zaida jamais compreendeu como aquele roupeiro, apesar da terebintina que ela pincelava nas prateleiras, apesar dos tocos de giz que ela punha lá dentro, pudesse apresentar um mofo tão persistente. Com o correr dos anos, porém, o bolor do móvel foi, pouco a pouco, secando. E quando Marçal há tempos já não tinha tamanho para chorar entre os cabides daquele armário, ele se descobriu enfim tranquilo: estava preparado. Afinal, que diferença faria a morte de uma pessoa que não existia mais?

De fato, acontecera que Zaida Quintalusa, ao longo dos anos, fora desaparecendo gradativamente, impondo ao filho um luto que, assim fracionado, mostrara-se menos cruel de suportar. Cada memória sua que se apagava, cada hábito seu que se perdia, cada gosto, cada dito, cada um desses pequenos sumiços ia empurrando Marçal, com sutileza e vagar, em direção à orfandade. Nos últimos tempos — a mãe já não supondo, nem de longe, quem pudesse ser o rapaz que lhe beijava a testa —, Marçal acreditava-se investido de vez na condição de órfão. E, contudo, estava enganado. Só agora ele percebia que, a despeito de toda e qualquer lógica, estava enganado.

Com o ganido a ponto de romper-lhe o crânio, Marçal desmanchou a posição de feto e sentou-se no chão. O pranto agora escorria livre em suas faces. Como era possível? Ali estava a mãe, sentadinha no sofá, as mãozinhas entrelaçadas sobre o xale, e, todavia, ela não estava ali. Engatinhando, achegou-se perto o bastante para deitar a cabeça naquele colo e nele chorou todo o seu abandono, todo o seu desamparo, chorou até que os losangos coloridos começassem a pesar sobre as pernas da mãe, tantas lágrimas estavam se impregnando à lã. Ao dar-se conta, apressou-se em remover o xale, só depois percebendo que já não fazia a menor diferença: o contato com aquela umidade já não traria a Zaida nenhuma gripe. De olhos vazios, sentou-se ao seu lado. Endireitou-lhe a gola do vestido, certificou-se de que a trunfa estava bem posicionada, acarinhou demoradamente aquele rosto diagramado de rugas. E veio-lhe, então, um impulso mais forte que a dor.

Levantando-se de um salto, foi até o banheiro e de lá trouxe, um minuto depois, uma toalha de rosto, um copo com água, um sabonete. Travou por um instante em frente à mãe, mas a hesitação não demorou a dissolver-se. Com uma delicadeza trêmula, logo estava esfregando as faces de Zaida, de modo que, aos poucos, o branco da toalha ia tomando para si o alaranjado do pancake, e também o azul da sombra de olho, e também o vermelho do batom. Como num número de ilusionismo, ali estava Zaida Quintalusa de novo lúcida, ali estava a Zaida Quintalusa que sabia ter um filho chamado Marçal, ali estava ela antes de morrer. Com o queixo descontrolado de emoção, o rapaz lembrou-se, ainda, de aliviar as orelhas da mãe da pressão daqueles brincos de pastilha amarela. Depois, dando-lhe um beijo da testa, foi para o seu quarto e sentou-se na banqueta de gorgorão puído.

E o Steinway, naquele *Pour Elise*, confirmou-se, definitivamente, como o melhor piano do mundo.

23

Sete dias haviam transcorrido desde a morte de Zaida Quintalusa, e era justamente isso o que o retangulozinho impresso no jornal anunciava. Sentado à mesa da cozinha, Marçal lia e relia aqueles breves dizeres, sem conseguir, ainda, processar o fato.

Dentre as participações de falecimento, ele escolhera a de menor tamanho, e o funcionário encarregado, ao compreender que seria uma única pessoa a comunicar o óbito, não se furtara de comentar o quanto isso era vantajoso: o preço do anúncio variava também em função do número de caracteres. Diante daquela informação, dada assim, quase com entusiasmo, Marçal pensara em responder algo como "puxa, sou mesmo um sujeito de sorte", mas ficou quieto. Naquele momento, ele só queria desligar o telefone o quanto antes. Odiava-se por estar fazendo aquilo.

Explicara a Regina que a mãe tinha alguns parentes espalhados pelo interior do estado — uns primos distantes, um que outro sobrinho — e mudara logo de assunto, temendo que a enfermeira pescasse a verdade. Bobagem, pois Regina, ligeira como era, por certo sabia a quem se endereçava aquela participação de falecimento. Sabia que a pessoa em questão era justamente quem jamais deveria valer-se de um jornal para inteirar-se da morte de Zaida Quintalusa. Sem dar notícia alguma há quase vinte anos — nem mesmo um alô protocolar nas datas festivas, nem mesmo um cartãozinho informando a mudança de endereço —, vai ver quem estava morta era a tal de Eunice, e tanto melhor se assim fosse.

Fechando o jornal à sua frente, ele percebeu que tinha, ao alcance da mão, o encarte dos anúncios classificados. Era pegar de uma caneta e assinalar, com um círculo, meia dúzia de quitinetes situadas no centro da cidade, de preferência nas proximidades do conservatório. Sempre desejara abandonar a periferia, transferir-se para uma zona próxima a tudo, livrar-se do ônibus que, dia após dia, roubava-lhe um tempo precioso. Entretanto, o fato é que ele não enxergava, ali à volta, nenhuma caneta, e isso foi o suficiente para que Marçal se deixasse ficar onde estava, o cotovelo fincado na mesa da cozinha, a bochecha amassada contra o soco da mão.

Vinha dormindo mal. Desde que a mãe morrera, aqueles pesadelos faziam-no acordar alarmado no meio da noite: esquecera-se de dar a ela o remédio, apesar das recomendações enfáticas do doutor; deixara-a sozinha em casa, às voltas com facas, fósforos e outros perigos; não ouvira os seus gritos no quarto ao lado, tudo porque, no momento, tocava ao piano uma sonata envolvente, dessas que o ensurdeciam para os demais sons do mundo. Não era preciso ser Freud para matar a charada. Afinal, inúmeras vezes aquela vozinha maldosa ciciara lá no fundo de sua alma, sugerindo o quanto tudo seria mais fácil se a velha morresse, os caminhos se desatravancando, as portas surgindo abertas, a vida enfim pronta a ser agarrada com ambas as mãos.

E, no entanto, ei-lo ali, incapaz de levantar-se daquele banquinho de cozinha. Desenxabido, foi deslizando os dedos ao longo da borda da mesa. Recordou o tempo em que, sem piano em casa, dedilhava sobre aquela superfície laminada, transportando-se com tamanha intensidade que chegava a ouvir, límpido, o som de cada nota. Tempo bonito aquele, e pouco importava que, às costas do pequeno concertista, a mãe providenciasse um acompanhamento tão pouco usual, como o raspar do fundo de uma panela ou o bater de claras em neve.

Dando um suspiro desses de doer as costas, Marçal olhou pela janela, onde o azul parecia mover-se atrás daqueles polpudos chumaços brancos. E pensou que a mãe, numa hora dessas, bem poderia estar fazendo as suas esculturas a partir de nuvens. Sim, os legumes que se resignassem ao que lhes fora escrito, pois Zaida Quintalusa passara a ocupar-se de uma outra freguesia.

Enquanto Marçal seguia nessas tentativas de macerar o luto, o telefone tocou. Umas poucas passadas e ele já estava na sala, o fone encostado ao ouvido:

— Pronto.
— Marçal?
— Olá, Regina.
— Não é, sabe o que é? Vira e mexe, me pego pensando na vovozinha.

Acomodando-se na cadeira de assento de palha que ficava junto ao aparelho, ele tentou controlar-se. Que maçada! Dia sim, dia não, telefonava Regina, e sempre aquele sentimentalismo de telenovela, e sempre aquelas pieguices e clichês: sem a vovozinha, o mundo já não era o mesmo, as flores com cheiro de nada, os pássaros de bico calado, o arco-íris em preto e branco. Mas por que Deus fora chamar de volta justo o seu anjo mais bondoso? Ah, fosse catar coquinhos! A mesma lenga-lenga de sempre. Está bem que, durante os anos em que ali trabalhara, Regina houvesse se afeiçoado à paciente, mas aquela melequice toda, convenhamos, estava muito além do razoável. À parte isso, ele pagara à enfermeira uma cifra bem maior do que a prevista em lei, arrumara-lhe emprego no escritório de engenharia do pai de um aluno, pedira-lhe sinceras desculpas pela explosão de raiva protagonizada no dia em que a mãe morrera. Que mais a criatura esperava dele?

Entretanto, por muito que tivesse feito ou que ainda viesse a fazer, ele seria para sempre devedor de Regina, e a consciência disso fez com que Marçal, naquele momento, recrutasse toda a boa vontade de que dispunha:

— Pois é, Regina, a gente custa mesmo a se habituar.

— Nem me fale, Marçal. Não vejo graça em mais nada. As ruas sempre cinzentas, os parques sombreados de luto, os chafarizes a esguichar lágrimas. Se um dia eu voltarei a sorrir de verdade? Duvi-de-o-dó. Dona Zaida era um tesouro na minha vida.

— O tempo fecha as feridas, Regina.

— Pois eu lhe digo, Marçal, que há feridas que sangram pela vida afora.

Aquelas palavras evocaram no rapaz a lembrança de Giuseppina. Desde que a vira pela primeira vez, provavelmente ele nunca ficara, como nos últimos dias, tanto tempo sem pensar nela. Melhor dizendo, pensara na moça num único momento, e não só nela, mas em todos os Palumbo, ao perceber que nenhum deles fizera-se presente ao velório. Estranha aquela ausência, e ainda mais estranho era não terem se manifestado de forma alguma sobre a morte da vizinha. Umas flores, um cartão, uma palavra de consolo — seria possível que isso não fosse costume na Puglia? Gente complicada. Mas talvez houvesse uma explicação para o comportamento deles, e Marçal, enquanto arriscava suposições, voltou a enxergar aquela cena deprimente, o velho atirado no cordão da calçada, a garrafa de cana movendo-se tonta em sua mão.

— Mudando de assunto, Regina, você tem notícia dos Palumbo? — E ele tentava, com aquele tom de voz, aparentar pura falta do que dizer. — Estranhei não ver nenhum deles no velório.

— Pois eu também fiquei boba, Marçal. Está certo que aqueles lá dão um dedo para não se misturar, mas onde já se viu? Ser bicho do mato é uma coisa; ser mal-educado é outra, bem diferente.

— Fico me perguntando se isso não teria relação com aquele pileque brabo que o velho tomou umas semanas atrás. Comentei com você, lembra? Tem certeza de que não ouviu nada a respeito?

— Ih, Marçal, se agora passo manhã e tarde trancada aqui neste escritório, no outro extremo da cidade, como você espera que eu esteja por dentro das fofocas aí do bairro? Qualquer hora dessas, quando me derem uma folga, faço uma visitinha à Senhora Mafalda. Sento com ela debaixo da paineira, bebemos juntas uns copos de limonada, e você vai ver: saio dali com o serviço todinho. O problema é que — e a voz de Regina assumiu, de improviso, uma impostação de melodrama —, o problema é que a querida vovozinha não estará ali conosco. Ah, Marçal, a falta que faz Dona Zaida! Tivesse eu perdido os dois braços e as duas pernas, não me sentiria assim tão mutilada!

Afastando o fone do ouvido por um momento, Marçal resolveu contar até dez. Mutilação, para Regina, só se lhe cortassem a língua. Determinado, concluiu que, por ora, já sofrera o bastante.

— Bom, Regina, o que se há de fazer, não é mesmo? Um dia tudo se ajeita, você vai ver. Agora vou desligando, que tenho uma penca de coisas por fazer.

— Espere, Marçal. Não é, sabe o que é? Preciso lhe falar de um assunto sério. Tenho sentido um troço diferente, uma dor que finca lá no fundo, bem dentro do peito.

Empertigando-se na cadeira, Marçal despojou-se, num segundo, de toda a irritação.

— Você não vem se sentindo bem, Regina? Está precisando de alguma coisa?

— Eu não estou precisando de nada, Marçal. Mas talvez ela sim.

— Ela?

— Sua mãe, homem de Deus!

Raspando a têmpora com uma unha que queria enterrar-se na carne viva, Marçal ouviu a enfermeira confidenciar que, tão certo como a água é molhada, Dona Zaida estava buscando comunicar-se com ela.

— Não é, sabe o que é? As pessoas que morrem de morte afobada acabam, por vezes, levando consigo coisas por dizer.

De olhos fechados, imaginando a si mesmo como um impassível ancião chinês, Marçal argumentou que, tivesse a mãe partido carregando comentários pendentes, não valeria a pena quebrar a cabeça tentando descobrir que comentários seriam esses, já que as ponderações de Zaida Quintalusa, e lá se ia um bom tempo, não faziam o menor sentido. Regina, entretanto, não se deixou abalar pela tese, adiantando que, por desencargo, já agendara uma sessão de jogo do copo.

— Você vem comigo, Marçal?

— Olhe, Regina, você sabe como é essa minha vida. O conservatório, os alunos particulares, o piano-bar. Fica meio apertado. Mas vamos nos falando, está bem?

Quando recolocou o fone no gancho, foi como safar-se de uma areia movediça. Tentando a custo recompor-se, não escapou de relembrar, detalhe por detalhe, o espetáculo deplorável estrelado pela enfermeira durante o velório: os funcionários da funerária penando por desvencilhar-se dela — fosse razoável, precisavam cerrar o caixão —, os gritos e lamúrias invadindo o luto alheio na capela ao lado, as ameaças de desmaio e, para arrematar em grande estilo, o jogar-se ao comprido sobre a tampa do ataúde, embaçando, com o espalhafato daquela dor, a superfície lustrosa da madeira.

Não, Regina não era má pessoa — muito pelo contrário, aliás. Mas que alívio tê-la longe.

Precisando distrair-se, voltou para a cozinha e abriu o refrigerador. Mesmo antes da morte da mãe, aquelas prateleiras já eram, em boa parte, ociosas; agora, porém, a situação tornara-se desoladora: o vazio absoluto quebrava-se apenas por uma jarra d'água e por um pote de margarina. Que solidão a deles. Deviam sentir falta dos gnomos, borboletas e locomotivas que recentemente haviam se hospedado ali. Talvez sentissem uma saudade ainda maior da sopa de legumes fracassados, a sopa feita com os chuchus, cenouras e batatas que, sem sucesso, haviam sonhado com a chance de uma revolução em seus destinos. Esquecido da vida, Marçal ficou a receber no corpo aquela massa de ar frio, até a que campainha do telefone veio sobressaltá-lo.

De novo? Imaginando-se a estrangular a enfermeira, caminhou até o aparelho com passos de suscitar em Dona Ivone a vontade de bater no teto com o cabo da vassoura.

— Pronto — disse ele, e era o mesmo que ter lançado um impropério.

— Boa tarde. É Marçal Quintalusa?

Pego no contrapé, Marçal tentou reorganizar-se:

— Ele mesmo.

— O pianista Marçal Quintalusa?

— Sim, em pessoa. Quem deseja?

As palavras que Marçal ouviu a seguir fizeram-no agarrar o fone com força, usando, para tanto, as duas mãos. Precisava apalpar aquela notícia, sentir-lhe a concretude, a matéria. Na outra ponta da ligação, a pessoa estranhou o silêncio:

— Alô? Está ainda na linha?

— Estou aqui — respondeu ele, e o esforço para articular a frase deu-lhe um cansaço tamanho que foi obrigado a sentar-se.

Tantas vezes sonhara com isso. Difícil acreditar que estivesse mesmo acontecendo. Uma composição sua, decalcada de sua própria alma, ganhando o reconhecimento alheio. E pensar que, até o último dia do prazo, ele relutara em inscrever-se naquele concurso. Relutara justamente porque não vencer seria a confirmação de uma suspeita terrível, a suspeita de que ele passara a vida inteira ludibriando a si mesmo, tendo-se na conta de quem possuía um dom, um talento diferenciado, uma percepção fina, e tudo não teria passado, ao fim e ao cabo, de autopiedade, de uma falácia que ele precisara engendrar a bem de que a sua existência tivesse um colorido. Sentira-se mesmo um suicida quando, depois de muito titubeio, resolvera, de uma vez por todas, preencher a ficha de inscrição, anexar a partitura e entregar tudo no local indicado pelo regulamento, sendo que a funcionária encarregada do protocolo pareceu-lhe a mais insensível das criaturas, pois, mascando chiclete e apondo aqueles carimbos violentos, ela não se dignou nem mesmo a olhá-lo nos olhos. E, no entanto, o suicídio fracassara. A suíte de sua autoria, segundo a voz no outro lado da linha, tinha sido agraciada com a primeira colocação no concurso, e o prêmio previsto, como ele devia saber, consistia em uma bolsa de estudos na filarmônica de Viena, com duração de um ano, inclusas as despesas de viagem e de alojamento.

— Sim, sim, sei disso — confirmou Marçal, e balançava a cabeça feito um boneco com pescoço de mola.

Em tom de espantosa normalidade, a voz prosseguia:

— Lembramos que a solenidade de entrega do prêmio está programada para acontecer no próximo dia 30, no salão de atos da nossa fundação, oportunidade em que se pedirá aos músicos agraciados a gentileza de executar as peças que lhes renderam a premiação. — E seguiam-se outras tantas informações, todas difíceis de assimilar, já que tudo soava tão irreal. Contudo, a certo ponto daquele faz-de-conta, Marçal sentiu a necessidade de fazer com que a cabeça parasse de girar. Do lado de lá, a pessoa insistia num ponto que parecia importante:

— Compreende a situação?

— Desculpe, mas poderia fazer o favor de repetir?

— Eu lhe falava da importância de que, com a maior brevidade possível, houvesse uma definição quanto ao efetivo interesse dos premiados na bolsa de estudos, pois assim poderemos adiantar algumas providências, tais como reserva de passagem aérea e aceitação da vaga disponibilizada pela filarmônica. Haveria, já agora, alguma definição de sua parte nesse sentido?

— Se tenho interesse na bolsa de estudos?

— É razoável que o senhor prefira pensar por alguns dias antes de responder.

Marçal teve receio, após desligar o telefone, de ter sido um tanto grosseiro. De fato, respondera de um jeito talvez meio agressivo. Sua intenção, porém, fora apenas deixar tudo às claras, sem margem para dúvida, o quanto antes. Do contrário, era como se aquele sonho pudesse escorregar de suas mãos:

— Não preciso de tempo nenhum para pensar. É evidente que tenho interesse na bolsa de estudos. E por nada deste mundo eu renunciaria a uma oportunidade como essa.

24

TUDO AQUI NESTA PRAIA — os rochedos, o farol, os pescadores, o mar azul-verde, a misteriosa linha a separar o Jônico e o Adriático —, tudo aqui parece saber o que aconteceu a seguir. É como se a paisagem me olhasse com espanto, sem acreditar que eu tenha vindo de tão longe apenas para isso, para reconstruir uma história que, nesta ponta de terra, é conhecida por todos. De resto, se é verdade que os fatos, à época, suscitaram comoção no povoado, não é menos verdade que hoje, decorridos já tantos anos, ninguém mais esteja disposto a dar-lhes toda aquela importância. Com efeito, quem se importa, a esta altura, com o que aconteceu a Giuseppina Palumbo?

E, contudo, eu me importo. Giuseppina salvou-me a vida, e o mínimo que posso fazer em retribuição é tentar salvar a sua história.

Sempre me perguntei que rumo as coisas teriam tomado se um outro pianista houvesse vencido aquele concurso. Agora, diante desse mar e do seu mistério, a pergunta volta a provocar a minha fantasia, e logo vejo Marçal e Giuseppina como marido e mulher, ele compondo sinfonias inteiras inspiradas na escuridão daqueles olhos, ela trazendo flores para dentro de casa e de si mesma, pouco importando o cisco debaixo do sofá ou o farelo atrás da geladeira. Que lindo casal eles teriam formado, e feliz da filha que crescesse ao abrigo desse amor.

Foi graças ao velho Girolamo que passei a julgar-me filha deles. Lembro com nitidez do dia em que a diretora do orfanato entregou-me a carta:

— Tome, parece ser para você. É esse o seu nome, não é?

Eu fora colocada naquela instituição aos sete anos de idade, logo após a morte de Giuseppina. Assim, quando a carta de Girolamo chegou às minhas mãos, fazia quase uma década que eu ali vivia, sem jamais ter recebido correspondência alguma. Aturdida, segurei a carta com o cuidado de quem manipula uma bolha de sabão gigantesca, a maior já assoprada em todos os tempos. O sobrescrito no envelope, embora retorcido numa caligrafia mais garranchuda que a da molecada do orfanato, não deixava dúvida quanto a ser eu própria a destinatária, mas a mesma certeza eu não podia ter em relação ao remetente: Girolamo Palumbo — e isso lá era nome de pessoa? O selo, exibindo um perfil de águia, indicava a postagem na Itália, e logo pensei nesses gringos malvados, gente sem coração que vai atrás de crianças nos países pobres fingindo desejo de adotar, quando o intento, em verdade, é explorá-las no meretrício, ou então retalhar os seus corpos em busca de órgãos para transplante. Foi só à noite, fechada numa das cabines do banheiro, que me encorajei a abrir a carta. Mas para quê? Aquele palavreado todo, para mim, era grego. Não fosse a gentileza de uma das freirinhas missionárias, que possuía conhecimentos de italiano, eu teria ficado sem saber que Giuseppina Palumbo, a moça que me criara nos meus primeiros anos de vida, era, com boa chance, minha mãe, sendo que meu pai, em tal caso, seria um pianista de nome Marçal Quintalusa. O autor das linhas desculpava-se por estar escrevendo em língua estrangeira, mas tempo demais se passara desde a época em que ele vivera no Brasil, de modo que já não recordava as palavras em português. E ajuntava: quem dera tivesse esquecido não só o idioma, mas tudo o que, em sua mente, estava relacionado àquele triste período. Desejava-me boa sorte, afirmando rezar por mim todos os dias desde que soubera da minha existência. Finalizava pedindo que, fosse eu generosa ao ponto, rezasse por ele também.

Consta que, pouco após ter enviado a carta, Girolamo Palumbo desamarrou o seu barco e, sozinho, remou mar adentro, remou até tornar-se um mísero pontinho no horizonte, cada vez menor, e, de repente, só o que havia era o horizonte. Companheiros de ofício saíram preocupados a procurá-lo: na idade em que estava, era falta de juízo arrojar-se desse jeito, sem levar consigo um ajudante, sem sequer se aprecatar com um bornal de água e comida. Contudo, depois de um dia inteiro de buscas, só o que encontraram foi o barco — o casco intacto, os remos cruzados em perfeito xis, o arpão ainda envolto pela bainha de couro. A esposa, que aguardava impávida junto aos rochedos, pareceu não compartilhar da perplexidade daqueles homens. Tendo ouvido o que eles tinham a relatar, limitou-se a mandar que as filhas se enxugassem de tanta choradeira. E, puxando as duas pelo braço, Mafalda Palumbo deu as costas àquele mar verde-azul.

Olhando para essa imensidão à minha frente, eu gosto de imaginar que Girolamo, um segundo antes de entregar-se às águas, tenha conseguido ver, nitidamente, a linha divisória entre o Jônico e o Adriático, a estranha fronteira que, anos atrás, havia obcecado a sua filha caçula. E quem sabe ele tenha compreendido, naquele último momento, um pouco da dor que marcou a existência de Giuseppina, a dor de quem, tendo uma natureza líquida e ondejante, não pôde aceitar o rigorismo de um traço.

Como quer que tenha sido, o fato é que, tão logo atingi a idade para deixar o orfanato, eu tinha em mente um único objetivo: encontrar o pianista Marçal Quintalusa. Eu compreendia que Giuseppina houvesse preferido esconder-me a verdade. Aquela história de que eu fora encontrada num campo todo florido, meu corpo de recém-nascida agasalhado por margaridas, petúnias e dentes-de-leão, era mais apropriada, sem dúvida, ao entendimento de uma criança ainda pequena. Tivesse Giuseppina vencido a anemia, tivesse ela, ao menos, conseguido negociar com a doença uns anos a mais, por certo que teria me contado tudo sobre a minha verdadeira origem.

Cheia de esperança, fui ao endereço mencionado pelo italiano, localizei a tal casa de reboco crespo, calculei que o edifício no outro lado da rua só podia ser aquele onde eu encontraria o meu provável pai. Não posso dizer com que pernas subi até o quinto andar. Lá chegando, fiquei sem chão: o homem que me recebeu à porta do apartamento 504 jamais ouvira falar em alguém chamado Marçal Quintalusa. Afirmou morar ali havia três anos, e quem lhe vendera o apartamento não fora nenhum pianista, mas sim um alfaiate. Inconformada, implorei por qualquer dica, ínfima que fosse, mas o tipo, já fechando a porta, disse apenas que lamentava não poder ajudar, quando era óbvio que ele lamentava — isto sim — estar perdendo os lances do jogo de futebol transmitido pelo televisor às suas costas. Fui descendo as escadas desenxabida, a cabeça mais oca que um porongo, e foi então que ouvi aquele *psiu* insistente. Olhei em torno, não identificando, a princípio, de onde provinha o chamado. Só depois reparei que, no apartamento logo abaixo do 504, abria-se uma brecha de porta, e um dedo, esgueirando-se pela estreita abertura, convidava a que eu me aproximasse.

— Você é repórter? — perguntou-me a velhinha, a corcova dificultando que ela me olhasse nos olhos.

— Não.

— Trabalha para algum jornal? Uma emissora de rádio, talvez?

Como eu continuasse a negar, a mulher não se aguentou:

— Mas então por que está à procura do pianista?

Meu coração deu um salto:

— A senhora conhece Marçal Quintalusa?

Tomando chá com quem logo se apresentou como Dona Ivone, eu descobri que, sim, ela o conhecera.

— Aliás, se esse rapaz chegou aonde chegou, foi, em boa parte, graças à paciência que eu tive com ele. — E explicou que, durante anos, ela suportara com estoicismo o martelar do piano, não importando que ninguém jamais houvesse se lembrado de vir agradecer-lhe.

Depois, fazendo um gesto para que eu aguardasse um momento, sumiu-se em direção aos quartos, e o chá que ela pousara sobre a mesinha até parou de fumegar, tal foi a demora para que fosse localizada aquela pasta de cartolina. Dentro, uma profusão de papéis, a maioria deles bem amarelados. De repente, o rosto de Dona Ivone descontraiu-se, e ela estendeu em minha direção uns recortes de jornal.

— Dê uma olhada nisso — pediu a velha, os olhinhos brilhando.

Tratava-se de notícias sobre Marçal. Uma delas, datada de mais de dez anos atrás, anunciava um concerto seu no Teatro Municipal, lembrando que o pianista, atualmente radicado em Viena, ocupava, já havia dois anos, a posição de primeiro solista na orquestra filarmônica da capital austríaca. Outro recorte, este um pouco menos antigo, falava de um elepê que reunia sonatas assinadas por diversos compositores brasileiros, entre eles referindo, em destaque, Marçal Quintalusa. A reportagem seguinte, no entanto, foi a que mais me interessou, pois trazia uma foto sua, o que me fez mal prestar atenção no texto: eu precisava encontrar, naquelas feições, algo do que me mostrava o espelho, nem que fosse a voltinha da narina, o lóbulo da orelha, o canto da boca.

— Rapaz bonito, não é mesmo? — indagou Dona Ivone, vendo que eu não tirava os olhos da fotografia.

Sem mais resistir, contei tudo àquela gentil senhora — os meus primeiros anos de vida com Giuseppina, a colocação no orfanato após a morte dela, a carta que eu recebera da Itália.

Dona Ivone parecia sem rumo:

— Mas, menina, será possível?

De acordo com o que a velha recordava, quando os Palumbo haviam partido de volta para o país deles, deixando a caçula sozinha ali na casa de reboco crespo, Marçal recém tinha ido estudar no estrangeiro. Aparentemente, ele viajara sem imaginar que aquela família estivesse urdindo semelhante atrocidade. Por sinal, ninguém no bairro fazia ideia de que os Palumbo estivessem por se mudar, ainda mais naquelas condições, abandonando à própria sorte a filha mais nova, logo ela, coitada, que sempre fora ruinzinha da cabeça. Um dia antes de tomar o avião, Marçal ainda batera palmas em frente à casa dos italianos; como vivalma aparecesse, ele pulou o murinho, subiu os degraus do avarandado, golpeou a porta com uma obstinação de machucar os nós dos dedos.

— Mas ninguém deu as caras, posso garantir. Calhou de eu estar à janela justo naquele momento.

Minha ansiedade punha-me sentada na beira do sofá, cada vez mais, e logo eu já não teria onde sentar.

— E então? O que ele fez então?

Disse Dona Ivone que o pianista, com um andarzinho muito borocoxô, voltou a entrar no edifício. A vizinhança não compreendia — e decerto ele tampouco — por que razão os Palumbo haviam se encerrado em casa daquele jeito. Sim, falava-se na tal faxina de uma abrangência nunca antes vista, mas não era crível que a limpeza de uma casa demandasse tamanha dedicação e isolamento. Fosse como fosse, o caso é que o rapaz teve de partir para Viena sem despedir-se daquela gente. O projeto inicial era lá ficar apenas pelo tempo que durasse a bolsa de estudos, mas os professores viram no bolsista um jovem promissor, acharam por bem investir na sua formação, e Marçal acabou jamais voltando ao Brasil.

Dona Ivone fez uma pausa e estreitou os olhos, focando um ponto qualquer entre o televisor e o carrinho de chá.

— Sou capaz de jurar que esse moço não sofreu ao deixar para trás o bairro, a vizinhança, a cidade, o país. Era um menino de boa índole, e ninguém na redondeza lançava dúvida a esse respeito, mas não sei, havia algo de estranho em seu modo de ser, um distanciamento, talvez até uma soberba. — Voltando a olhar para mim, ela ergueu o dedo: — Aposto, contudo, que lhe foi doído não dizer adeus aos Palumbo. Parecia ter se afeiçoado ao velho Girolamo, e isso para não falar na italianinha.

— Ele a amava? — perguntei e, de improviso, alvoroçaram-se em minha cabeça as histórias de príncipe e princesa, as poucas que haviam conseguido driblar a aridez do orfanato.

Dando movimento à corcova, Dona Ivone sacudiu os ombros.

— Se a amava, é difícil dizer. O certo é que era encantado por ela. Para a maior parte das pessoas, aquela fixação podia passar despercebida, mas não para quem tivesse o olho atento.

— E Marçal ficou sabendo do que aconteceu a Giuseppina? Da maldade que a família fez a ela?

Com a boca seca de tanta conversa, Dona Ivone serviu-se de mais uma xícara de chá. Da rua, vinha o vozerio de crianças que brincavam na calçada, passando-se tempo suficiente para que elas pulassem do um ao dez da amarelinha. Tive de aguardar, ainda, que a velha comprimisse os lábios com a ponta de um guardanapo, e só depois é que balançou a cabeça, assegurando que, sem sombra de dúvida, Marçal ficara sabendo de tudo.

Mesmo morando em Viena, ele mantivera contato, embora esporádico, com a enfermeira Regina, uma rica pessoa que assistira a sua pobre mãe durante os anos de demência. Após a morte de Zaida, Regina fora trabalhar no outro quadrante da cidade, mas isso não a impedira de seguir inteirada, tanto quanto possível, acerca dos acontecimentos ali do bairro.

— Modéstia à parte, partiam de mim as informações que iam parar nos ouvidos de Marçal.

E Dona Ivone contou que, à época, a enfermeira telefonava-lhe com frequência, colhendo informações que seriam depois repassadas para o outro lado do mundo. Ao saber do acontecido, o rapaz, ao que parece, teria crivado Regina com um mundaréu de perguntas, todas carregadas de consternação e revolta, sendo que o telefonema em questão, levando-se em conta a tarifa internacional, há de ter lhe custado uma pequena fortuna. O quê? Os Palumbo haviam deixado o bairro na calada da noite, como que fugidos? Giuseppina ficara para trás, abandonada pelo pai, pela mãe e pelas irmãs? Não se conformava. Tempos depois, Regina contou-lhe que o senhorio da casa de reboco crespo obtivera uma ordem de despejo. Pobre da italianinha!

No dia em que ela não tivera alternativa senão ir embora, alguns vizinhos vieram conferir, e não houve cristão que não tenha se apiedado da criatura. Alguém poderia ter oferecido pouso para a infeliz — uma situação provisória, só até ela arranjar um canto para si —, mas todos sabiam que a moça não batia bem da cabeça, e o pior é que nunca se ouvira falar da tal doença. Tarantismo? Ninguém ali jamais chegara a compreender que raio de desajuste seria aquele.

— E Marçal, sendo assim tão encantado por Giuseppina, não tomou nenhuma atitude?

Mostrando as palmas das mãos, Dona Ivone ponderou:

— Estando naquelas lonjuras, o que o coitado poderia fazer? Pediu a Regina que fosse à polícia, que percorresse os hospitais, que espalhasse panfletos pela cidade, e a enfermeira, no tempo que lhe sobrava após o expediente, fez o que pôde. A italianinha, porém, sumira sem deixar rastro.

— Ele poderia ter voltado ao Brasil, não poderia?

O sorriso de Dona Ivone fez com que me sentisse uma bobinha. Estava claro que eu, aos dezoito anos de idade, vira da vida muito pouco. Enquanto ela decidia o que dizer, girou a colher na xícara demoradamente.

— Olhe, minha filha — disse ela, a colher já descansando sobre o pires —, não nego que Marçal quisesse bem àquela moça. A sua verdadeira paixão, contudo, sempre foi a música. Era óbvio. Tanto que, mesmo sendo ele um rapaz bonito e inteligente, jamais engatou namoro sério, e consta que, mesmo lá no estrangeiro, nunca tenha se casado. Ao que parece, mulher nenhuma conseguiu chegar tão perto do seu coração quanto a música. Como esperar, então, que a italianinha fosse capaz dessa façanha? Pobre da menina. Aqueles dois podiam morar um à frente do outro, mas o fato é que uma distância muito maior os separava. Não bastaria atravessar a rua; seria preciso que ambos atravessassem cada qual o seu mundo.

Diante daquela explicação, olhei em silêncio para os recortes de jornal espalhados sobre a mesinha. Que raiva eu senti de cada uma das teclas do estúpido piano de Marçal! Tentando disfarçar, levantei e fui até a janela. A molecada brincava agora de pega-ladrão.

— E nunca mais se soube nada a respeito de Giuseppina? — indaguei, já de costas para a claridade.

Segundo Dona Ivone, a última notícia que se tivera da italianinha era que ela, despejada da casa de reboco crespo, teria se embrenhado no terreno baldio que ficava no fim da rua. Pensaram que tencionasse estabelecer-se por ali mesmo, feito cigana, mas a moça apenas caminhou a passo descansado por toda a extensão do terreno, às vezes se agachando para, estranhamente, colher uma coisa ou outra. Flores, disseram alguns, mas deviam estar loucos, já que não havia senão lixo naquele descampado. Fosse o que fosse, a garota, de repente, teria deixado aquilo tudo cair. E jogou-se desatinada sobre um amontoado de porcarias e sujidades, revirando aquela nojeira com uma sofreguidão de fim de mundo. Houve quem pensasse que a pobre italianinha encontrava-se faminta; houve quem tenha atribuído à doença aquela sua singular atitude. Mas eis que, dali a pouco, a moça vem saindo de dentro do terreno baldio, e ela traz, na emoção trêmula dos braços, um bebê recém-nascido.

— Um bebê? A senhora disse um bebê? — E eu desejava, com todas as minhas forças, não ter ouvido bem.

Dona Ivone não só confirmou a informação, como a tornou tragicamente específica:

— Uma menina.

E assim, numa fração de segundo, eu voltava a ser o que eu sempre fora, uma criança de filiação ignorada, uma criança de pai e mãe desconhecidos, tal como constava na ficha do orfanato. Giuseppina não mentira para mim, exceto quanto ao detalhe de que ela não me encontrara num campo todo florido, em meio a belíssimas margaridas, petúnias e dentes-de-leão, mas sim num terreno baldio, misturada a sórdidas imundices, confundida com coisas de que todos querem se desfazer.

Enquanto eu tentava recuperar-me da bordoada, Dona Ivone, decerto compadecida daquele murchar tão repentino, reacendeu em meu espírito uma fagulha de esperança: nada impedia que Giuseppina, ao sair ali do bairro, houvesse encaminhado a menininha para uma instituição apropriada, ou mesmo para uma família com condições de criá-la; nada impedia que Giuseppina, à época, estivesse mesmo grávida, tal como afirmara o velho na carta, e que a criança tivesse nascido dali a alguns meses, quando todos no bairro já haviam perdido o rastro da italianinha.

Fitei a velha com olhos úmidos de gratidão:

— Pensando bem, acho que a senhora pode estar certa.

— Afinal de contas — prosseguiu ela —, se os Palumbo chegaram ao extremo de abandonar a filha, imagino que eles o tenham feito amparados numa certeza absoluta quanto a essa gravidez, e não em mera suspeita. Você não acha?

Eu não podia senão concordar. Vendo-me mais encorajada, Dona Ivone ressalvou:

— Entretanto, minha filha, para esclarecer melhor essa confusão toda, só mesmo Marçal.

— Pois é. Mas se ele vive tão longe, lá no tal país de que a senhora falou, a coisa fica difícil.

Nisso, a velha levantou-se e veio sentar perto de mim. Dando tapinhas no meu joelho, comentou que, fazia alguns anos, ela deixara de comprar o jornal, resignada ante o fato de que já não havia óculos capazes de desembaralhar letras assim miúdas. Todavia, a enfermeira Regina, sabendo do quanto a ex-vizinha apreciava acompanhar a carreira do pianista hoje famoso, telefonara ainda na semana anterior para avisar sobre uma notícia publicada no caderno do meio. Marçal estaria na cidade dali a pouco mais de um mês. Parece que vinha como convidado de uma universidade para ministrar um curso breve. O assunto era composição musical, ou algo do tipo.

— Não perca tempo, menina. Quando ele chegar, vá até lá e mostre-lhe a carta. Ouça o que o homem tem a dizer.

Não foi preciso que ela mandasse duas vezes. Da calçada, acenei agradecida para Dona Ivone, gesto que repeti ao virar-me para trás mais adiante, voltando a fazê-lo a uma quadra dali e também antes de dobrar a rua. Em todas essas ocasiões, a boa velhinha mantinha-se debruçada à janela do edifício, o que me levou a imaginar aquela corcova às suas costas como fruto de um persistente cultivo.

Nas semanas seguintes, eu riscaria num calendário o passar dos dias, valendo-me, para tanto, de um lápis escorregadio de ansiedade. Esse lápis já se encontrava mastigado até a grafite quando enfim veio o momento de pôr em prática o conselho de Dona Ivone.

Depois de muito ônibus e caminhada, depois de muito perguntar aqui e ali, cheguei à sede da universidade onde Marçal estaria lecionando. Só de olhar para aquele prédio, eu podia sentir o cheiro de naftalina. Transpus a porta de entrada, toda em bronze, e calculei que três iguais a mim, uma em cima da outra, poderiam, com boa folga, passar por aquele vão. Essas considerações, contudo, não tardariam a dissipar-se, pois algo em meu aspecto denunciava que eu jamais premira uma tecla de piano, e outra explicação não havia para o jeito como me olhavam aquelas pessoas ali dentro. Caminhando muito dura, a coluna vertebral transformada em cabo de aço, acheguei-me à mesa da secretária.

— Procuro por Marçal Quintalusa.

Após avaliar-me de cima a baixo, a mulher pareceu hipnotizada pela minha pulseira. Feita com macarrão de sopa, era o resultado da última aula de trabalhos manuais que eu tivera no orfanato.

— Seria da parte de quem?

— Assunto de família — expliquei, e ergui um queixo que tentava ser desafiador, embora tremesse ligeiramente.

Duas voltas completas — esse o percurso feito pelo ponteiro grande do relógio fixado à parede, e nada de Marçal aparecer. A fome principiava a escavar o meu estômago, o assento da cadeira ameaçava remodelar a minha carne, e a secretária, mordiscando a tampa daquela caneta, parecia deleitar-se à custa do meu desconforto.

Justo quando eu tirara o calcanhar do sapato, uma porta abriu-se lá no fundo do corredor, e logo umas quatro ou cinco pessoas, conversando sobre questões que pareciam sérias, vinham caminhando em minha direção, entre elas ninguém menos do que o renomado pianista. Eu o reconheceria até debaixo d'água, tão atenta eu olhara para aquela fotografia no recorte de jornal. De diferente, só o grisalho nas laterais do cabelo. Reparando melhor, algo havia mudado em seus olhos, como se um peso agora se derrubasse por cima deles, o que lhes dava um formato melancolicamente triangular.

Levantei-me e, na pressa do movimento, o sapato que balançava pendurado à ponta do meu dedão acabou indo parar uns bons metros adiante. Que falta de sorte! Enquanto eu hesitava quanto à forma mais adequada de ir resgatá-lo — pular feito saci ou encostar no chão o pé descalço —, a recepcionista abandonou sua mesa e, adiantando-se até Marçal, cochichou-lhe algo ao ouvido, ao que ele, de súbito, virou-se para mim. Baixei o rosto, os punhos apertados de vergonha. Que tremendo erro ter ido até ali. Eu não passava de uma jovem descabelada e malvestida, o orfanato berrando em cada poro da minha pele. Como podia pretender-me filha daquele senhor importante?

Quando eu já sentia o rosto pesar de tão vermelho, ouvi passos que se aproximavam de mim.

— Imagino que isso seja seu — disse ele, mostrando-me o sapato.

Agradeci e, ligeirinha, não estava mais descalça. A seguir, ele esticou o braço de forma a que a manga do paletó recuasse e conferiu o relógio que trazia no pulso.

— Você estava esperando para falar comigo?

Percebendo aquele vinco em sua testa, decidi inventar uma bobagem qualquer. Podia, por exemplo, apresentar-me como fã e pedir-lhe um autógrafo. Isso mesmo, e tudo estaria terminado dentro de poucos minutos, e logo eu estaria entrando naquela padaria cheirosa ali da esquina, e pusessem, por favor, bastante açúcar no café com leite.

No entanto, quando abri a boca, saíram palavras diversas daquelas que eu acabara de planejar:

— O senhor me desculpe eu estar tomando o seu tempo, mas precisava mostrar-lhe uma carta.

— Uma carta?

— Sim, senhor, uma carta. Uma carta que recebi há cerca de dois anos.

Enfiei uma mão estabanada no bolso das calças, cuidando para não trazer, junto com o envelope, o forro de tecido roto.

— Aqui está — disse eu, e o pedaço de papel entre os meus dedos tremia tanto que parecia vivo.

Marçal apanhou a correspondência, ajeitou sobre o nariz uns óculos de armação escura, leu o endereçamento. Não mais que dois segundos foram necessários para que ele tomasse ciência do nome que me fora posto por Giuseppina. Todavia, ao girar o envelope e deparar-se com o nome do remetente, o pianista empacou na leitura, e era como se a sequência daquelas letras não fizesse o menor sentido. Só depois de um bom tempo é que, tirando os óculos, ergueu os olhos, e vi neles uma expressão tão diferente que me desconcertei: o Marçal de antes era um; este de agora era outro.

— Desculpe, mas não estou entendendo. Não imagino quem você possa ser — disse ele.

— É justamente esse o problema — devolvi. E, sentindo que estava a um triz de revelar-me uma chorona, completei: — Não tenho certeza de quem sou.

Marçal franziu-se ainda mais, as sobrancelhas agora sombreando o rosto inteiro. Voltou a olhar para o envelope, avaliou o rasgo na lateral, fez menção de pinçar-lhe o conteúdo. De repente, porém, pareceu mudar de ideia.

— Talvez seja melhor irmos a um lugar mais tranquilo.

A uma quadra dali, entramos numa confeitaria. Apesar da fome que me destruía o estômago, apesar de eu nunca ter visto nada tão bonito quanto aquelas fatias de torta, apesar de Marçal insistir para que eu pedisse o que quisesse, balancei a cabeça numa negativa obstinada. Eu não diria isto a ele, mas, o que quer que me entrasse na barriga, perigava eu vomitar. Sem mais argumentos, o pianista disse à atendente que trouxesse apenas um café.

Entretanto, quando a xícara foi posta à sua frente, ele tocou no braço da funcionária:

— E também um conhaque, por favor.

Àquela altura, as três folhas de papel já se encontravam desdobradas diante de seus olhos. Do que nelas estava escrito, eu não saberia precisar o quanto ele já lera, mas teria sido o suficiente, pelo visto, para fazê-lo precisar de uma bebida forte. Feito o pedido, apressou-se em retomar a leitura. À medida que o seu entendimento deslocava-se ao longo das linhas, ele parecia crescer por sobre a carta, curvando-se mais e mais, até que, de repente, eu já não podia acompanhar o ir-e-vir dos seus olhos. A única pausa que fez foi para beber o conhaque, o que levou a cabo tão logo o cálice veio à mesa, fazendo-o de uma só empinada. E as suas mãos apertavam as margens do papel, e o seu peito arquejava contra a borda da mesa. Quando pareceu ter enfim percorrido a frase final, aquela em que Girolamo pedia que eu rezasse por ele, retrocedeu, sem hesitar, ao topo do texto, dando início a uma revisão que prometia ser mais cuidadosa. E eu, que até ali já roera as unhas dos dez dedos até o sabugo, pensei em ir ao banheiro: podia jogar água fria no rosto, podia dar uns pulos, estapear as bochechas, fazer qualquer coisa, em suma, que me salvasse de morrer daquela agonia.

Mas aguentei o tirão. Aguentei inclusive que Marçal, após dobrar a carta e recolocá-la no envelope, ficasse olhando vidrado para a toalha da mesa. Foi um pigarro a tirá-lo daquela demorada ausência, e o meu coração, a esse ponto, situava-se em todas as partes do meu corpo.

— Sinto muito se você esperava ouvir outra coisa — começou ele, a fala branda como a de um doente —, mas eu não sou seu pai — e a expressão com que agora me fitava pedia desculpas não só pelo que acabara de dizer, mas por um universo de imperscrutáveis razões.

No que ouvi aquilo, eu me acalmei. De fato, as batidas do meu coração amansaram de imediato, tanto que eu já nem podia percebê-las. Talvez tivessem sido interrompidas para sempre, e a suspeita a invadir-me era, no fundo, um desejo.

Entrelaçando os dedos sobre a mesa, Marçal inspirou como se pretendesse que aquele ar, chegando-lhe tão dentro, avivasse as suas lembranças mais guardadas. E, devagar, começou a contar-me a história toda; e, dali a pouco, ele contava a história para si mesmo; e, de repente, a história contava-se como que sozinha. Tanto havia a dizer que voltamos àquela confeitaria todas as tardes, sentando àquela mesma mesa por duas ou três horas, e esses encontros estenderam-se por todo o tempo de duração do curso que Marçal viera ministrar na universidade. Composição musical — esse o tema que trouxera ao Brasil o prestigiado pianista, e nenhum jornal noticiou que ele tivesse vindo também para essa outra tarefa, para me ajudar a recompor a estranha partitura de Giuseppina Palumbo, uma sonata de pentagrama torto, sequência de notas regidas por clave de desafinação e cacofonia.

Meses depois, quando Marçal já retomara sua vida em Viena, recebi o primeiro dos muitos envelopes que, nos anos vindouros, escorregariam por baixo da minha porta. A generosa soma em dinheiro vinha desacompanhada de qualquer indicação quanto à proveniência, mas eu sempre soube quem estava por trás daquelas cédulas. Se consegui levar adiante os estudos, se consegui pavimentar um futuro que — longe de ser fabuloso — era de todo inesperado para uma criança de orfanato, foi graças a esse gesto de Marçal, quase uma tentativa de perfilhar quem desejou tê-lo por pai.

E acalentei este sonho: um dia conhecer a cidade de Giuseppina, a tal Santa Maria di Leuca, equilibrada num estreito de terra lá do outro lado do mundo, banhada por dois mares de fronteira enganosa. Tantos anos mais tarde, aqui estou, em frente a essa imensidão verde-azul, meus cabelos voando ao sopro do Favônio, meus pés tirando rumores destas pedrinhas que cobrem a praia.

Nesses últimos dias desde que cheguei, percorri bodegas, bares, círculos de carteado, rodas de pescadores, e foi uma desilusão descobrir que já não há nenhum Palumbo morando em Leuca. Consta que, após o arpoador ter entrado no mar para sempre, Mafalda e as duas filhas mais velhas partiram de muda para um lugarejo na Sicília, onde, segundo elas, poderiam viver perto de alguns parentes. Contudo, ninguém ali nunca antes ouvira falar na existência dos tais parentes — e as pessoas com quem conversei, ao fazerem essa observação, não continham um olhar carregado de insinuações. Uns desgraçados, os Palumbo. Aquela história de que a caçula morrera no distante Brasil, vítima de uma infecção pavorosa, só convencera os muito ingênuos. E não era à toa que o velho Girolamo dera para beber daquele jeito. Todo entardecer, lá estava ele à mesa de uma birosca sombria, esvaziando copos de *grappa, sambuca, centerbe* — o que fosse. Nos raros momentos em que se encontrava sóbrio, percebia a necessidade de sair atrás de sustento para a mulher e as filhas, mas então Girolamo deprimia-se, pois errava feio a cabeça dos polvos, justo ele, cujo arpão sempre tivera fama de abençoado. E, um belo dia, o homem recebe aquela carta vinda do Brasil.

Das pessoas com quem falei — alguns companheiros de pescaria, alguns conhecidos de mesa de bar —, ninguém jamais conseguiu pôr os olhos na tal carta; por outro lado, nunca se ouviu que Girolamo dissesse um ai acerca do seu conteúdo, nem mesmo no auge das bebedeiras. De alguma forma, porém, a coisa veio à tona: a carta teria trazido a notícia da morte de Giuseppina. Anemia, uma anemia persistente e, segundo quem assinava as linhas, de origem misteriosa. A pessoa em questão seria o proprietário de uma casa em cujos fundos Giuseppina havia ocupado uma peça, ela e a menina. Durante todos os cinco anos em que ali vivera, nunca a moça referira a existência de familiares; se a triste notícia agora chegava às mãos certas, era apenas porque o abaixo-assinado tomara a liberdade de procurar, em meio aos poucos pertences da falecida, algum documento, algum endereço, uma indicação qualquer, enfim, sobre a eventual existência de alguém a contatar. Afinal, havia a garotinha, que contava, então, com apenas sete anos de idade. Segundo Giuseppina, a criança não era sua filha — teria sido encontrada na rua quando recém-nascida. Mas o autor da carta advertia: era tal o apego da moça por aquela pequena que não convinha excluir a possibilidade. Por via das dúvidas e no caso de haver algum interesse, seguia, logo abaixo, o endereço da instituição para onde estava sendo encaminhada a menor.

Nos dez anos seguintes, enquanto eu, naquele orfanato, passaria de criança a adolescente, Girolamo, aqui em Leuca, envelheceria perseguido por seus fantasmas. Não bastasse ter dado as costas a Giuseppina, não bastasse ela ter morrido sozinha naquele país distante, havia também a inocente criatura, uma *femminuccia* jogada na frieza de um abrigo para órfãos, e em suas veias corria o sangue dos

Palumbo. Incapaz de silenciar a própria consciência, o velho acabou sucumbindo a fazer do mar a sua sepultura, e a carta que ele, pouco antes, escreveu para a suposta neta foi mais do que uma tentativa de levar consigo menos peso: lá se ia, ao longo do Atlântico, o último arpão arremessado por Girolamo Palumbo.

Não se pode dizer que o arremesso tenha sido certeiro, mas tampouco se pode considerá-lo fora de alvo. Embora Giuseppina, ao que tudo indica, nunca tenha estado clinicamente grávida, é razoável supor que, à época, algo germinasse bem dentro dela, talvez uma semente da sua própria identidade, um embrião de si mesma. Giuseppina poderia ter engravidado — e por que não? — da música de Marçal, das esculturas de legumes, do sorriso de Zaida. E não é absurdo imaginar que essa gestação tenha, de fato, operado sutis transformações em seu corpo, expandindo o que sempre tivera de manter-se encolhido, arredondando o que nunca ousara distanciar-se do reto. Fantasia? Pode ser, mas prefiro acreditar nisso a desconfiar dos números mostrados pela fita métrica de Mafalda, prefiro isso a pensar que aquelas medidas possam jamais ter tido lastro algum na realidade.

Por outro lado, conquanto eu não tenha nascido do ventre de Giuseppina, sinto-me — e com imenso orgulho — um legítimo fruto de sua alma, a genuína expressão do que ela tinha de mais guardado. Parece claro para mim: ao recolher-me daquele terreno baldio, ela estava recolhendo, de alguma forma, a si própria; ao dizer àquela menininha que, sim, a sua existência tinha valor, ela o estava dizendo a si mesma. De fato, estou convencida de que Giuseppina vivenciou essa experiência, a de ser descartada como se lixo fosse, e isso aconteceu muito antes daquela noite em que seus pais e irmãs escapuliram, pé por pé, da casa de reboco crespo; isso aconteceu, a bem dizer, durante toda a sua vida. À essência de Giuseppina Palumbo, à sua verdade, deu-se o mesmo tratamento que alguém um dia decidiu dar a mim, com a diferença de que jamais a recolheram do terreno baldio onde a jogaram.

Mas devo conter-me. Afirmações assim tão categóricas fazem parecer que tudo sei a respeito de Giuseppina, e nada pode ser mais falso. Apesar de todo o esforço que fiz para reconstruir a trajetória daquela a quem considero minha mãe — garimpando fragmentos, procurando combiná-los, escapando para o imaginário sempre que o encaixe não se mostrasse perfeito —, a sensação que tenho, ainda agora, é a de saber pouco. Confiei que, vindo até aqui, eu enfim conseguiria completar o mosaico. Ilusão. Caminhar por esta praia, tocar estas pedras, procurar a divisa entre esses dois mares, nada disso me ajudou a alcançar uma efetiva compreensão do drama vivido pela moça que, para tantos, não foi senão uma tarantata. E, contudo, encurralada no extremo desta península, olhando para essa placa que me diz *Finibus terrae,* sou obrigada a reconhecer: fui até onde me era possível ir. Além de onde estou, abre-se o mar, sua imensidão, sua profundidade.

Perdi a viagem? Quero acreditar que não. Levo comigo muito mais do que os fatos que pude apurar. Levo a consciência de que nem tudo é passível de ser totalmente mapeado, nem tudo se compatibiliza com delimitações, contornos, esquemas. Se eu me obstinasse em encontrar explicações definitivas para o tarantismo de Giuseppina Palumbo, explicações que esgotassem toda a escuridão daqueles olhos, eu estaria agindo de forma não menos simplista do que as pessoas que a rotularam como vítima de uma picada de aranha. Seria negar a ela toda a sua amplidão de ser humano, e me recuso a fazer isso.

Em homenagem a Giuseppina, eu aceito essa fronteira dançando invisível na superfície do mar à minha frente.

E o Favônio sopra. E os pescadores naquele barco ali adiante recolhem as suas redes.

Para consultar nosso catálogo completo e obter mais informações sobre os títulos, acesse www.dublinense.com.br.

dublinense

Este livro foi composto em fontes Arno Pro e Stag e impresso na gráfica Pallotti, em papel pólen bold 70g, em abril de 2014.